倉阪鬼一郎

人情料理わん屋

実業之日本社

実業之日本社文庫

人情料理わん屋　目次

人情料理わん屋

第一章　変わり田楽と牡蠣（かき）飯

一

通油町（とおりあぶらちょう）を両国橋（りょうごくばし）のほうへ進むと、旅籠（はたご）が立ち並ぶ一角になる。旅籠に泊まる客は近くで飯を食べ、酒を呑（の）む。なかには食事を提供する旅籠もあるが、多くは素泊まりだ。

そういった客を当てこんだ料理屋もちらほらとのれんを出している。喧騒（けんそう）には遠いが、それなりに繁華な町だ。

その脇道をいくらか入ったところに、見過ごされそうな軒行灯（のきあんどん）が出ていた。

わん屋

そう記されている。

よくよく見ると、「屋」だけがいくらか小さく、後から付け足されたように感じられる。

それもそのはず、かつての見世(みせ)の名は「わん」だった。

平仮名二文字だと何がなしに据わりが悪いし、「ん」で終わるのも語呂が悪い。人からそう忠告されて、どっしりとした「屋」を加えることにした。

新たにつくり直すのは経費(かかり)になるし、ありがたいことに常連客はそれなりについている。そこで、軒行灯は「屋」だけ書き足すことにしたのだった。

そののれんを分けて中に入ると、見世は存外に奥行きがあった。

小上がりの座敷が左手に続いている。縄のれんが簾(すだれ)のように掛かっており、客の姿が半ば隠れるから落ち着いたたたずまいだ。

右手の厨(くりや)の前には一枚板の席がしつらえられている。木目が美しい頑丈な檜(ひのき)の一枚板だ。

「いらっしゃいまし」

おかみのおみねが客に笑顔で声をかける。

紅花(べにばな)染めの明るい今様色(いまよういろ)の着物に子持ち縞(じま)の白い帯が鮮やかだ。着物には色合いの異なる大小の椀が染め抜かれている。さりげなく見世の名をひそませる趣向だ。

「ようこそのおこしで」

厨からあるじの真造が言う。

こちらは濃紺の作務衣に身を包んでいる。あまりにも深い色合いだから、黒と見まがうばかりだ。

見世の名と同じく、あるじの名も以前と少し変わっていた。

かつては三男だから「真三」という名だったのだが、より重みが出るように、「三」を「造」に改めたのだ。

ならば、真「蔵」のほうがより重々しいが、料理を造ることに懸けて真「造」とした。真の料理を造れるようにという願いをこめた名だ。

落ち着く一枚板の席に陣取ると、できたての肴を味わうことができる。客筋に菱垣廻船問屋がいるから、上等の下り酒が出る、池田に灘に伏見、どれもうなるような味だ。

わん屋の筋のいい料理は、盛られる器に特徴がある。例外なく、円形の器に盛られて客に供されるのだ。

木製なら椀、陶製なら碗。

必ず「わん」に盛られる。わん屋の名はそこに由来する。

器ばかりではない。膳もすべて円い。中食(ちゅうじき)の膳は、円い膳の上に大小のわんが載っている。そのせいで、思わず目を瞠(みは)る初見の客も多い。

「なんじゃ、これは。目が回りそうだの」

「よそとはずいぶんと違うな」

あるおり、一枚板の席に座った二人の武家が、わんだらけの膳を見て言った。

「うちはわん屋でございますので」

おかみのおみねが笑みを浮かべて答えた。

「何か深いわけでもあるのか」

「かような見世には入ったことがないぞ」

武家たちはなおもいぶかしげな顔つきだった。

「深いわけはないのですが……世が円くなるようにという願いをこめて、料理をわんに盛らせていただいております」

あるじの真造が言葉を選んで答えた。

「なるほどのう」

「そう言われてみると、ありがたく感じられてくるな」

「ありがたや、ありがたや」

武家の一人が両手を合わせた。

そんな調子で、見世の名のいわれを問われるたびに同じような答えをしてきたのだが、円い器を用いることには、深いわけがなくもなかった。

円い器は、わん屋のあるじの出自と関わりがあった。

二

真造は神社の三男として生まれた。

江戸の北東、西ヶ原村に、依那古神社という知る人ぞ知る神社がある。なかには王子権現にお参りしがてら立ち寄る人もいるが、江戸じゅうに名が轟いているわけではない。

この古さびた社を守っているのが長兄の真斎だ。たぐいまれな邪気祓いの力を有しており、人には見えぬものまで見通すことができる。

悪霊を封じるために、請われて諸国へ出かけることもある真斎だが、その要諦は結界を張って悪しきものを寄せつけぬようにすることだ。結界にもいろいろあるが、最も簡明なのが円だ。美しく引かれた円に息吹をこめれば、悪しきものはその内部に侵入することができない。

三男の真造は神職の薫陶は受けなかった。それでも、由緒ある邪気祓いの神社に育ったことは、真造の人生に大きな影響を与えていた。

料理人になることはかねてよりの念願だった。縁あって結ばれたおみねとともに見世を開くにあたっては、さまざまな案が出た。出す料理もさることながら、見世のつくりはどうするか、名は何にするか、思案しなければならないことはたんとある。

ああでもない、こうでもないと相談を重ねているうち、天啓のごとくにひらめいたことがあった。

それが、すべての料理を「わん」に盛るという案だった。

言わば、わんは目に見える結界だ。その内側に、あらゆる料理をつつましく穏やかに収める。それは身の養いになるとともに、心をやわらげ、気を勁くすることができるだろう。

真造の案に、おみねも大いに乗り気だった。

邪気祓いの神官の家系である真造と同じく、おみねの出自も由緒ある神社だった。秩父（ちちぶ）三社の一つの三峯（みつみね）神社だ。拝殿の前に三つ鳥居があり、狼（おおかみ）を守護神とする日（ひ）の本（もと）でも珍しい社だ。おみねの名はこの社に由来する。

ともに由緒ある神社の家系に生まれた真造とおみねは、「あらゆる料理を円形のわんに盛る」という案を実行に移し、互いに力を合わせてわん屋を切り盛りしてきた。

神道の隣の仏教に目を転ずれば、曼陀羅（まんだら）というものがある。梵語（ぼんご）で「円い」という意味で、仏が円形をつくったありがたい図が古来多く描かれてきた。

すべてを円く収めて平らかにする。世に災いが起こらないように。料理を味わった人に平安が訪れるように。

そんな願いをこめて、わん屋では円い器に料理を盛っていた。

神道であれ、仏教であれ、世の平安を願う気持ちは同じだ。

わん屋の器にも、そんな思いがこめられていた。

三

「相変わらず、椀を重ねた肴か。手間がかかるだろうに」

細面（ほそおもて）の役者にしたいような男が言った。

「田楽（でんがく）ははみ出すだろうから、なおのこと手間だな」

その横に座った男が渋く笑う。

こちらは抜けるように肌が白く、何がなしに人形を彷彿（ほうふつ）させる。

「うちはわん屋でございますから」

あるじの真造が笑みを浮かべた。

「素直に平たい皿に盛りてえと思ったりはしねえのかい」

細面の客が問うた。

隠密廻（おんみつまわ）り同心の大河内鍋之助（おおこうちなべのすけ）だ。

「そう思ったことがないわけではないんですが……」

あるじの答えはやや歯切れが悪かった。

「もし円い器に盛るのをやめて、何か災いでも起きたら後生が悪いですから」

おかみのほおにえくぼが浮かんだ。

「なるほど、さすがは三峯神社の神官の血筋だな」

大河内同心がうなずく。

「一つ一つの料理に気を入れて、思いをこめてつくらせていただいておりますので」

真造が笑みを浮かべた。

「いい心がけだ。まさに真を造る料理人だな」

大河内同心はそう言うと、二つ目の椀の田楽を手に取って口に運んだ。

三種の変わり田楽だ。

白味噌（しろみそ）に胡麻（ごま）を振ったもの、八丁味噌と田舎（いなか）味噌を合わせて酒でのばしたもの、そして最後に大根菜を刻んで練りこんだ青みが目に鮮やかなもの。目でも舌でも楽しめる田楽が、三つに重ねた椀にちんまりと盛られている。

「やっぱり手間だな。平皿に盛りゃあ、一枚で済むのによう」

大河内同心がそう言って、最後の大根菜味噌田楽を口に運んだ。

「椀を三つに重ねたら、洗うのも手間だろうに」

人形のようなたたずまいの男が言った。

大河内同心の手下(てか)の千之助(せんのすけ)だ。

その血筋をたどっていけば、嘘(うそ)か真(まこと)か、忍者の祖とも言われる藤原千方(ふじわらのちかた)に逢着(ほうちゃく)する。その昔、伊賀(いが)の四鬼(よんき)を操って朝廷に反逆を試みた伝説の将軍だ。

忍びの心得があって、元早飛脚の健脚だから、大河内同心にとってはこれより使える手下はないくらいだ。

「指がこんなになってしまいますから」

おみねが洗い物でふやけた指をかざす。

「ご苦労なこった」

長い髪を後ろで束ねた千之助が言った。

「まあしかし、江戸に、いや、この日の本に、そんな酔狂な見世が一つくらいあってもいいやね」

大河内同心は味のある笑みを浮かべた。

「よそにはございませんかねえ」

おみねが笑みを浮かべる。

「強いて挙げれば、出雲(いずも)の割子蕎麦(わりごそば)くらいか」

大河内同心はあごに手をやった。

「出雲ですか」

「ずいぶん遠うございますね」

真造も驚いたように言う。

「旦那はただの町方の隠密廻りじゃねえからよ」

声をひそめて、千之助が言った。

一応のところ、大河内同心は町方の隠密廻りだが、請け負っているのはそればかりではなかった。町方を通さぬ隠密仕事も請け負い、諸国を股にかける悪党にも目を光らせている。言わば、二重の隠密廻りだ。巨悪を裁かねばならぬとなれば、江戸の町方のほうは休んで日の本のいずこへにも出かけていく。

むろん、手下の千之助も同じだ。神出鬼没の動きをする。おかげで、江戸から遠く離れた土地のうまいものなどにも親しんでいる。それをわん屋の厨に伝えたことも一再ならずあった。

「で、その出雲の割子蕎麦というのは？」

真造が身を乗り出してきた。

「蕎麦の入った椀が三段重ねになってると思いな」

大河内同心は身ぶりをまじえて語りはじめた。

「なるほど、三段に」

おみねも興味深げに聞いている。

「いちばん上の蕎麦にだし汁をかけ、薬味を添えて食う」

「薬味はいろいろあるんですよね」

千之助が口をはさんだ。

「おう。海苔（のり）や胡麻や葱（ねぎ）なんかもあるが、いちばんうめえのは紅葉（もみじ）おろしだな」

大河内同心は言った。

「辛いやつですな」

と、千之助。

「おう。舌にぴりっとくるのがうめえ。で、蕎麦を食ったら、残っただし汁を次の椀に入れてまた食うんだ。もちろん、また薬味を添えてな」

同心はさらに出雲蕎麦の食べ方を教えた。

「なるほど、考えましたね」

真造がうなずく。

「だし汁が足りなくなったりしませんか？」

おみねがたずねた。

「そりゃ、徳利に控えが入ってるから抜かりはねえさ」

同心は笑った。

「なら、うちでもいずれ思案してまねごとをやってみましょう」

真造が乗り気で言った。

「どんな料理もまねごとから始まるんだからな」

と、同心。

「まねをしてくれる人がいないと、名の通った料理にはなりませんからね」

おみねが笑みを浮かべる。

「ま、この見世のまねをするやつはいねえだろうがな」

大河内同心が白い歯を見せた。

「わん屋は世にここだけということで」

あるじも笑顔で応えた。

四

「いらっしゃいまし。小上がりでも一枚板の席でも、お好きなところへどうぞ」

入口のほうから、おちさのいい声が響いてきた。

わん屋を手伝っている娘だ。まだ入ったばかりだが、旅籠でお運びをしていたことがあり、なかなかに堂に入った客あしらいだった。

わん屋の膳はよそより幅を取る。すべて椀に盛るから致し方ない。よって、おみねだけではこなせないため、どうしてもほかに運び手が要り用だった。

鰻（うなぎ）の寝床と言うほどでもないが、わん屋はわりかた奥行きがある。おちさが応対した客がどちらに来るかすぐには分からなかったが、ほどなく姿を現した客はまっすぐ真造とおみねのほうへやってきた。

「ああ、真次（しんじ）兄さん」

気づいた真造が驚いたような顔つきになった。

わん屋に姿を現したのは、次兄の真次だった。

「ご無沙汰だったな。今日は親方をつれてきた」

納戸色の作務衣をまとった真次が年かさの男を手で示した。

「ようこそのお越しで。弟の真造でございます」

「そのつれあいのおみねです」

わん屋の二人が頭を下げた。

「椀づくりの太平です。よしなに」

親方が答えた。

こちらも作務衣だが、色は深い茄子紺だ。

「兄がお世話になっております。そちらに」

真造は一枚板の席を手で示した。

「御酒でようございましょうか。冷やでも燗でもお出しできますが」

おみねが問うた。

「では、人肌の燗を」

太平は渋い声で告げた。

「なら、わたしも」

真次も和す。

「承知しました。光りものなど、召し上がれないものがございましたら、お伝えくださいまし」

真造が伝える。

肴は厨に入っている素材を使っておまかせでつくるが、人によっては不得手な食べ物もある。先に訊いておくのが、わん屋のこまやかな心遣いだ。

「親方は何でもうまそうに食べるから」

真次が白い歯を見せる。

「好き嫌いはねえほうで」

太平が軽く右手を挙げた。

いかにも職人らしい、節くれだったほまれの指だ。

「承知いたしました」

親方に向かって頭を下げると、料理の手を動かしながら真造は次兄を見た。

「もう慣れたかい、椀づくりは」

仕事を変えて一年くらいになる真次に問う。

「いや、まだまだこれからだ」

真次は控えめに答えた。

「さすがは元宮大工だ。覚えが早いし、筋もいい」

親方はほめたが、真次はややあいまいな顔つきだった。

初めのうちは宮大工の修業をしていた。実家が神社だから、ゆかりのある仕事だ。

しかし、次兄は多くを語ろうとしないが、短気な親方と折り合いが悪かったらしく、修業の半ばで飛び出してしまった。その後しばらく実家の依那古神社の裏方を手伝っていたが、人手は足りているからまたべつの道を選ぶことになった。そして選んだのが、今度はわん屋とゆかりのある椀づくりの道だった。

酒と肴が出た。

拭き漆の椀で供されたのは、牡蠣の揚げ餅揚げだった。

賽の目に細かく切った餅をからりと揚げて冷ましておく。これに片栗粉をまぶし、牡蠣の身に付けて揚げ、だしを張ってすすめる。揚げ物が二重になった凝った料理だ。

「こりこりした衣の揚げ物がうまいな」

真次の表情がやわらいだ。

「かむとじゅわっと牡蠣のうまみが出てくる。腕の冴えを感じさせる料理だな」

親方の太平の目尻にいくつもしわが寄った。

「ありがたく存じます」

真造は頭を下げた。

「よそにはない料理をお出ししようと思って、毎日いろいろ思案しておりますので」

おみねが笑みを浮かべる。

「そりゃ、いい心がけだな。椀も一つ一つ木目が違うから」

真次が欅(けやき)の木目が美しい椀を指で軽くたたいた。

「さすがに、料理をお客さんによって変えるわけにはいかないけど、できればそこまでやりたいくらいだよ」

真造は言った。

「たとえばどう変えるんだ?」

太平がたずねた。

「汗をかくなりわいのお客さんには塩気を足したり、ご年配の方には椀の汁をあっさりめにしたり、お客さんに合わせてほんの少し味つけを変えていければと。中食などはばたばたしていますから、とてもそれどころじゃありませんが」

真造は答えた。

「ほんに、合戦場みたいな按配(あんばい)で」

と、おみね。

「繁盛で何よりだな。今日の中食の膳は何だったんだい?」

親方が訊く。

「牡蠣飯の膳にいたしました。江戸前のいい牡蠣がたんと入ったもので」

真造が笑みを浮かべた。

「まだいくらか残っておりますが、いかがいたしましょう」

おみねが水を向ける。

「なら、もらおうか」

親方が右手を挙げた。

「わたしも」

真次も続く。

ほどなく、朱と黒の染め分け椀に盛られた牡蠣飯が出た。小口切りにされた小葱が彩りよく散らされている。料理の色合いと椀の色を響かせるのも、わん屋の思案のうちだ。

「牡蠣もうめえが、飯にだしがよくしみてるな」

太平が食すなり言った。

「うん、よそでも食ったことがあるが、わん屋が一番だ」

次兄も太鼓判を捺した。

「牡蠣の汁を昆布だしでのばしたものでご飯を炊いてますので」

真造が伝えた。

「牡蠣から汁が出るのかい」

と、親方。

「ええ。酒と塩と醤油を加えて牡蠣を炒り、鍋ごと冷ましてやると、汁気が出てきますので」

わんや屋のあるじが言った。

「椀づくりもそうだが、一にも二にもていねいな仕事だな。段取りを端折ったりしたら、仕上がりに覿面に出る」

半ばは弟子に言い聞かせるように、親方は言った。

「肝に銘じます」

真造は作務衣の胸に手をやった。

「気に入った」

太平は笑みを浮かべ、真次がついだ猪口の酒を呑み干した。

「うちはつとめに精を出したら、ぱっと呑み食いしてまた次の日に臨むようにしている。祝いごともしょっちゅうやるから、今後も来させてもらおう」

椀づくりの親方はそう言ってくれた。

「ありがたく存じます」

真造が頭を下げた。

「いつでもお待ちしておりますので」

おみねが満面の笑みで応えた。

かくして、わん屋の常連がまた増えることになった。

第二章　竹の弁当箱

一

「今夜は冷えるねえ」

そう言いながら、わん屋の常連が奥へ進んできた。

通二丁目の塗物問屋、大黒屋の隠居の七兵衛だ。

「お寒うございます。どうぞ一枚板のお席へ」

おみねが身ぶりをまじえて言った。

「お世話になります」

いつも隠居に付き従っている手代の巳之吉が腰を低くして言う。

「ようこそのお越しで」

真造が白い歯を見せた。

「得意先を回っていたら、手がかじかんできてしまったよ」

七兵衛が両手をこすり合わせた。

髷はすっかり白くなっているものの、血色はすこぶるいい。跡取り息子にあるじの座は譲ったが、それまで培ってきたあきないの顔というものがある。ここぞというときには得意先を回り、いまも大黒屋に貢献している。

「では、あたたまるものを何か」

真造がさっそく手を動かしだした。

「汁物がようございますね、大旦那さま」

巳之吉が言った。

武州与野から奉公に来た若者で、いつも機嫌よさそうにしている。七兵衛のお付きであきないを学んだあとは、見世で客あしらいのつとめに出ることになっていた。ゆくゆくは番頭からのれん分けもという有為の若者だ。

「ひとまずお任せでいいじゃないか」

隠居はやんわりとたしなめた。

「あ、はい、さようでございますね」

人当たりのいい若者はあっさり引き下がった。

「では、しばしお待ちくださいまし」

真造が笑顔で言った。

まずは呑みものだ。七兵衛にはいつもの熱燗、呑めない手代には茶が出る。むろん、器はどちらもまるい。四角い桝のものはいっさい用いられていなかった。

大黒屋からは塗物を仕入れている。蕎麦やうどんなどの麺類も折にふれて出すが、蒸籠も湯桶もすべて円形だ。

ほどなく、風呂吹き大根が出た。

こっくりと煮た厚切りの大根に柚子味噌を添えてすすめる。柚子は武州瀧野入村（現在の埼玉県毛呂山町）の特産で、この界隈で使っているのはわん屋だけだった。

「しみる味だねえ」

隠居が上機嫌で言った。

「柚子の風味が何とも言えません。おいしゅうございます」

巳之吉が満足げに和す。

盛られているのは黒の塗椀だ。さりげなく月があしらわれた上品な器に風呂吹き大根を盛ると、また風情が出る。

続いて、寒鰈（かんがれい）の煮つけが供された。

酒と醤油と味醂（みりん）を二、一、一の割りにして、薄切りの生姜（しょうが）を入れてじっくりと煮含めていく。こちらは朱と黒に染め分けた平椀で出された。

「器も喜んでいるよ」

食すなり、七兵衛が言った。

「ありがたく存じます」

真造が頭を下げたとき、おみねが客を案内してきた。

見世の看板娘をつれて入ってきたのは、近くの旅籠、的屋（まとや）のあるじだった。

二

旅籠と料理屋は持ちつ持たれつだ。

この界隈でどこかうまいものを食わせる見世はないかと、不案内な客はたずねる。

そんなときに、

「それなら、そこの路地を入ったところにわん屋というお見世がありますので」

などと紹介してもらえれば大いに助かる。

逆もある。

わん屋でじっくり呑んでいるうちに酔いが回ってしまったり、急な雨に降られたりして帰るのが億劫になるときがある。そんなときは、

「それでしたら、そこの通りに的屋さんという落ち着く旅籠がありますので」

と、懇意にしている宿をすすめる。

まさに持ちつ持たれつだ。

そんな按配で、的屋のあるじの大造とおかみのおさだ、看板娘のおまき、その弟の跡取り息子の大助、わん屋とはかねてより家族ぐるみの付き合いになっていた。

「今日はちょいと折り入ってお話がございましてね」

大黒屋の主従と相席のかたちで一枚板の席に座るなり、的屋のあるじは言った。

その隣に看板娘も座る。

「毎度ありがたく存じました。お気をつけて行ってらっしゃいまし」

客を送り出す元気のいい声は、ときおりわん屋にもかすかに聞こえてくるほどだ。

「折り入った話でございますか」

真造の顔つきが引き締まった。

「わたしたちも相席でいいのかい」

大黒屋の隠居が気遣う。

「ええ、それはもちろんで。むずかしい話ではありませんし、ご隠居さんのお知恵も拝借できればと」

大造は表情をやわらげた。

「はは、わたしの知恵なんて知れたものだがね」

七兵衛が笑みを浮かべた。

「いえいえ、大旦那さまは何でもよくご存知ですから」

手代が隠居を立てる。

「そりゃ、この歳まで生きてきて何も知らなかったら困るよ」

隠居がそう言ったから、わん屋に笑いがわいた。

「で、お話というのは……手前どもの旅籠に、夕餉の出前をしていただくわけにはまいらぬかと思いつきましてね。運びやすいお重などに弁当のように料理を詰めていただいて、お客様に供することができれば、何かと重宝かと存じまして」

大造はていねいな口調で言った。

「でも、的屋さんはここから目と鼻の先じゃないか」

ややいぶかしそうに七兵衛が言った。

「それはそうなのですが、大雨や雪が積もっている日もございます。それに、おみ足のお悪い方も泊まられますからね」

旅籠のあるじが言った。

「このあいだは目の見えない方も杖をついていらっしゃいました。そんなお客さんに、夕餉のお膳を届けていただいたら、どんなにか重宝だろうと」

看板娘のおまきが言う。

「なるほど、それは重宝かもしれませんね」

これは父ではなく、娘の思いつきかもしれないと察しをつけながら、真造は言った。

「手前どもで頃合を見て取りにまいりますので」

大造が話を進める。

「手が空いていましたら、こちらからお運びしますよ」

おみねが笑みを浮かべた。

「あとは器だねえ。わん屋の料理だから、やはり円くないといけないだろう」

大黒屋の隠居が言った。

「さようですね。竹を曲げた蒸籠の底を深くして、二段三段と重ねられるようにすればどうかと」

真造が案を出した。

「ああ、それはいいですね。うまくできれば、道中のお弁当にもなるかもしれません」

的屋のあるじがさらに言う。

「細かいようだが、器はどうするんだい。弁当代に含めて、そのまま持ち帰ってもらうのかい」

塗物問屋の隠居が問うた。

「それは器の値(あたい)にもよるかと」

おみねが言った。

仕入れなどに無駄がないか、いつもおかみが目を光らせている。

「なるほど、しっかりしてるね。これならわん屋は安泰だ」

七兵衛が笑みを浮かべた。

ここで肴ができた。

平政（ひらまさ）の引きづくりと小柱（こばしら）の盛り合わせだ。大葉をあしらった小粋な肴は、普通は小鉢に盛るのだが、わん屋は小ぶりの椀に盛る。大中小、とりどりの椀が並ぶさまはなかなかに美しい。

「脂がのっておいしいですね」

食すなり、大造が言った。

「ほんと、甘くておいしい」

おまきも和す。

「木を曲げた器でもいいけれど、円い塗物でも仕出しはできるから。安くしておくよ」

七兵衛が如才なく言った。

「なるほど、そういうふうにあきないに持っていくんですね」

手代が感心したように言う。

「いい学びになるだろう」

「ええ、大旦那さま」

大黒屋の主従のやり取りを聞いて、的屋の親子は笑みを浮かべた。

三

塗物問屋からはさっそくいろいろな弁当箱の見本が届いた。

むろん、円いものばかりだ。

浅いものから、力士にちょうど良さそうな深いものまで、色合いもかたちもさまざまだ。料理を盛ってみて、使い勝手のいいものを選んでくれという隠居の話だったから、いくつか選んで試してみることにした。

塗物ばかりでなく、竹の弁当箱も名乗りが挙がった。

わん屋を手伝っているおちさには、同じ長屋に住む富松（とみまつ）という兄がいた。

きょうだいが幼いころ、両親は流行（はや）り病で次々に亡くなった。親族のもとを転々とするつらい人生だったが、おちさは兄と肩を寄せ合ってこれまで懸命に生きてきた。

手先が器用な富松は、竹を削って箸をつくる職人のもとに弟子入りした。住み込みで修業を続けた甲斐（かい）あって、いまは通い職人の身になった。富松がつくる竹箸は使い勝手がいいというもっぱらの評判だ。

同じ竹を扱う職人には横のつながりがある。おちさが兄に弁当箱の話をしたところ、富松はさっそく見知り越しの職人を紹介してくれた。

「竹の節のところを切ったお弁当箱かと思ったら、きれいに編んでつくったものなんですね」

竹細工職人が見本に持ってきた品を見て、おみねが感に堪えたように言った。

「さようで。手間暇はかかりますが、まあそういうつとめなんで」

富松の友の丑之助（うしのすけ）がそう言って軽く手をかざした。

日々、竹を編んでいるほまれの指だ。

「わあ、色とりどりのおにぎりを入れたらおいしそう」

竹の弁当箱を手に取って、おちさが言った。

「べつに色とりどりじゃなくてもいいじゃねえか」

一枚板の席に陣取った兄の富松が言った。

「でも、青海苔とか胡麻とかいろいろあったほうがきれいじゃない」

おちさが言い返す。

「たしかにそうね。そもそも、竹編みのお弁当箱にただのご飯を盛るわけにはいかないし、おにぎりが合うと思う」

と、おみね。

「下に紙を敷けば、揚げ物なども入れられますね」

肴の仕上げをしながら、真造が言った。

「汁気のあるものは、塗物のほうがようございましょうが」

丑之助が言う。

「使いこめば使いこむほどに味が出そう」

おみねがうなずく。

「そりゃ、いい竹を使ってますからね。箸も弁当箱も一生もので」

富松が胸を張る。

「飴色になるまで使いこんだ竹の箸ってのは味があるからな」

一枚板の席の端に座った武家が言った。

近くの道場で師範代として剣術を教えている浪人、柿崎隼人だ。今日は一人だが、折にふれて門人をつれてきてくれるから、わん屋にとってはありがたい常連だった。

「そのとおりでさ。弁当箱だっておんなじで」

丑之助が笑みを浮かべた。

ここで肴が出た。

焼き穴子の生姜酢和(あ)えだ。開いた穴子にいい按配に平串を打ち、両面をほど良く焼き上げてから串を抜いて手早く刻む。

合わせるのは胡瓜(きゅうり)だ。細切りにしたものを塩水に浸(つ)けてから絞り、穴子と合わせてから生姜酢を加えて和える。

酢と醤油とだし汁。そこにたっぷりの生姜汁をまぜれば、風味豊かな生姜酢になる。

「こりゃ酒がすすむな」

丑之助が笑みを浮かべた。

「どれも椀に盛ってるのは風変わりだが、料理はどれもうめえから。次は仲間と一緒に来てやってくんな」

富松の言葉に、ここで働く妹が笑みを浮かべた。

「ありがたく存じます」

真造が礼を言う。

「弁当箱を入れさせていただけるんなら、仕事がてら来させてもらいまさ」

と、丑之助。

「あきないがうまいな」

柿崎隼人が白い歯を見せた。

町人も武家も、若者も隠居も同じ席に座って酒を呑み、料理を楽しむ。それもわん屋のいいところだ。

「ときに、竹のお弁当箱はどんな大きさでもつくれるんですか？」

おみねがたずねた。

「そりゃ、こんなでけえ弁当箱は無理ですが」

丑之助が大仰なしぐさをする。

「化け物の弁当じゃねえんだから」

富松があきれたように言った。

「ほどほどの大きさなら、竹ひごをていねいに一本ずつ編んでいくんで、円でも四角でもつくれまさ」

丑之助が請け合った。

「では、もちろん円い弁当箱だのう」

隼人が言った。

「できれば大中小とそろっていたほうがいいかもしれません。花見弁当などにも使えますので」

　真造が見通しを示した。

「承知しました。竹から竹ひごを取って、網代(あじろ)に編みこんでいくので、いくらか時はかかりますが、いいものをおつくりしますよ」

　竹細工の職人は笑みを浮かべた。

四

　年が押しつまるにつれ、寒さはいっそう募っていった。

　雪も降った。

　路地に積もると難儀だから、まずは雪かきだ。真造とおみねは見世の前ばかりでなく、半町（約五十メートル）離れたところまで雪かきをして町の衆からありがたがられた。のれんを出していられるのも町のおかげだから、こういうときは恩返しだ。

　そんな年の残りが少なくなってきたある日、竹細工の円い弁当箱が届いた。大中小、それぞれ二つずつで、蓋もついている。

丑之助とともに、おちさの兄の富松もやってきた。こちらは竹の箸をいろいろ持参してくれた。どれもいい仕上がりだ。

ちょうど一枚板の席には、大黒屋の隠居の七兵衛と手代の巳之吉が陣取っていた。

煮奴（にやっこ）を肴に呑んでいたところだ。奴豆腐をだしで煮ただけの簡便な料理だが、冷える日にはこれがいちばんだ。熱燗を呑みながら食せば、五臓六腑（ごぞうろっぷ）まであたたまる。

「あきないがたきの品ができあがったね」

七兵衛が半ば戯（ざ）れ言（ごと）まじりに言った。

「手に取ってみてもよろしゅうございますか？」

巳之吉が問う。

「見てやってくんな」

年上の丑之助が自慢の品を渡した。

竹ひごの幅に狂いのない、きれいな網代織りの弁当箱だ。

しかも、円い。

塗物問屋の手代はひとわたり回してみたが、どこにもゆがみはなかった。

「いい仕事ですねえ」

巳之吉は感に堪えたように言った。

「塗物も竹細工物も、職人の手わざと心がこもっているものは同じだね。姿かたちが美しくてすがすがしい心持ちになるよ」

七兵衛が目を細くした。

「なら、さっそく的屋さんに伝えてきましょう」

見世の様子をたしかめてから、おみねが言った。

いちばん入り口に近い小上がりの座敷に、二人の武家が陣取っているが、大徳利に加えて、あぶった干物や根菜と厚揚げの炊き合わせなどが出ている。しばらく声はかかるまい。

「ああ、あとはやるから」

真造が言った。

「おまかせください」

おちさも笑みを浮かべた。

干物は一枚板の席の客にも出た。

わん屋は開き厨で、目の前であるじが調理する。網であぶる干物には、さっと刷毛（はけ）で味醂を塗り、ちょうどいい按配の焼き加減でお出しする。たっぷりの大根おろしに醤油をかけ、ほぐした身に添えて食せばまさに口福の味だ。

「うまいな」

富松が感に堪えたように言った。

「大根おろしも醤油もうめえや」

丑之助がそこをほめた。

「播州（ばんしゅう）の下り醤油を使っておりますので」

真造が言う。

「野田（のだ）からも入れてるんじゃなかったのかい？」

常連の隠居が問うた。

「ええ。料理によってほんの少し向き不向きがありますので、そのあたりを使い分けるようにしています」

真造は答えた。

「そりゃあ、醤油も人も同じだね」

七兵衛がそう言ったとき、入り口のほうから声が響いてきた。

的屋の面々がさっそく品を見に来たのだ。

五

「ほう、これは素晴らしい仕上がりです」

立ったまま網代織りの弁当箱をためつすがめつしながら、的屋のあるじの大造が言った。

旅籠の客の応対もあって腰を落ち着けるわけにはいかないから、ひとまず急いで検分だ。

「竹は軽いし、蓋付きだから行楽にちょうどいいね」

大黒屋の隠居が言う。

「なら、普段の出前などはご隠居さんのお見世から仕入れた塗物を使って、お弁当は竹のほうにしましょう」

おみねが真造に言った。

「そうだな。ご飯や汁気のあるものは塗物の円いお重がいいだろう」

真造は答えた。

「ほら、手に取ってごらん。いい仕事だよ」

大造はうしろに控えていた跡取り息子に品を渡した。

看板娘のおまきの弟の大助だ。まだ十三だから顔だちはおぼこいが、背丈はめきめきと伸びて父と肩を並べるまでになっている。

「ああ、これはおにぎりやおむすびを入れたら良さそう」

大助は屈託のない表情で言った。

まだあきないの苦労などは知らないから、よろずに呑気(のんき)な顔でいられる。

「そうやって喜んでくだすったら、つくった甲斐がありまさ」

丑之助が満足げに言った。

「職人冥利に尽きるからな」

富松がそう言って友の猪口に酒を注(つ)ぐ。

「手前味噌にもなるけれど、わん屋は器に恵まれているね」

七兵衛が笑みを浮かべた。

「ええ。真次兄さんの木の椀もあるので、器には事欠きません」

真造が言った。

「では、出前とお弁当を所望されるお客さんがいましたら、急いでせがれか娘につながせますので。どうかよろしゅうお願いいたします」

的屋のあるじが頭を下げた。

「お願いいたします」

跡取り息子も続く。

「ちょっとお辞儀が浅いぞ。おとっつぁんを見習いな」

隠居がすかさず言った。

「あ、はい」

大助は背筋を伸ばしてからやり直した。

「あっ、いまのいいわ」

おみねがすぐさま言った。

「よし、これからはそれでいけ」

的屋のあるじが息子の背中をたたいた。

「こうやって仕事を覚えていくんだね。いずこも同じだ」

七兵衛がお付きの手代を見る。

「わたくしも修業させていただいています」

巳之吉が笑みを浮かべる。

「うまく舌が回るじゃねえか」

いくらか酔いが回ってきたらしい竹細工の職人がそう言ったから、わん屋の一枚板の席に笑いの花が咲いた。

第三章　初出前浅蜊飯

一

わん屋は昼の膳も出す。

ただし、一日に三十食かぎりだ。それ以上は出さない。

人手にかぎりがあるから、欲をかいてたくさん出そうとしてはならない。真造もおみねもそこのところをよくわきまえていた。

「なんでえ、今日はもう終いかよ」

「出遅れちまったな」

たとえ常連でも膳にありつけないこともある。

「相済みません。またのお越しを」

いつもおみねは平謝りだ。

「よろしければ、二幕目にお越しくださいまし」

真造も腰を低くして言うのが常だった。

せっかく足を運んだのに昼の膳にありつけなかった客が二幕目に姿を現したときは、銚子(ちょうし)を一本おまけしたり、お代のいらない肴を出したり、下にも置かぬ歓待をする。おかげで、昼に出遅れて無駄足を踏んだ客も、常連ならだれ一人として怒ったりはしなかった。

昼の膳は急いでいる客も多い。

ことに、普請場のつとめがある大工衆や左官衆などは、なるたけ早く昼を済ませたいところだ。中休みが入ったあとの二幕目は、手間暇をかけた料理も出せるが、昼はそうはいかない。

重宝なのは炊きこみご飯だ。季節おりおりの具を用い、油揚げや大豆などもまぜてふっくらと炊きこんだご飯は、それだけで膳の顔になる。

あとはその日に入った魚を見て、焼きものにするか刺身か、はたまた煮物か決める。これに椀と円い小鉢をつけ、盆に載せて手際よく運ぶ。

「わん屋じゃめったに出ねえ料理がある。何か分かるか？」

常連の職人衆の親方が連れてきた弟子たちを見渡して問うた。

今日の魚料理は秋刀魚(さんま)の蒲焼(かばや)きだ。蒲焼きといえば鰻だが、秋刀魚でもうまい。

真造はさきほどからねじり鉢巻きで焼いていた。

これに、ほかほかの飯と香の物、大根菜の胡麻和えに浅蜊(あさり)の味噌汁がつく。うまいばかりでなく、身の養いにもなる膳だ。

「ここじゃ出ねえ料理ですかい？」

「何だろう」

弟子たちが首をひねる。

「椀に入(へえ)りにくい料理を膳に入れたら、運ぶのが大変(てえへん)だろう」

親方は謎をかけるように言った。

「あっ、そうか。だから、秋刀魚は塩焼きじゃなくて蒲焼きにしてるのか」

弟子の一人が気づいて言った。

「そのとおりで」

手を動かしながら、真造が言った。

「尾の張った秋刀魚だと、長四角(ながしかく)のお皿がちょうどいいですから」

次の膳を運びにきたおみねが言う。

「円い皿だと余っちまうからな」

「そもそも、盆に載りきらねえや」

職人衆が言う。

「大ぶりの海老天(えびてん)や、穴子の一本煮なども無理ですね」

と、真造。

「そりゃ、こんなでけえ皿が要るから」

親方が大仰なしぐさをしたから、わん屋に笑いがわいた。

二

「なるほど、穴子を一本入れる円椀(まるわん)をつくるのは骨だね」

椀づくりの親方の太平が笑みを浮かべた。

「仮に盛ったとしても、せっかくの料理が貧相に見えるな」

次兄の真次が言った。

「そのとおりで。それじゃ、穴子に申し訳ないから」

真造が苦笑いを浮かべた。

昼の膳はたとえ三十膳かぎりでもばたばたするが、二幕目はじっくりと肴をつくることができる。料理人の顔が見える一枚板の席で呑むも良し、小上がりの座敷で仲間内で語りながら呑むも良し、「わん屋で呑めば何事も円くおさまる」とささやかれているとおり、ほっこりした雰囲気の見世になる。

一枚板の席は、あるじとかわす話も酒の肴のうちだ。ちょうどいまは昼の膳のおりの「穴子の一本煮はわん屋では出せない」という話が出たところだった。

「穴子はこれにも入りませんね」

今日は一緒に来た弟弟子の大五郎（だいごろう）が指さす。

真造が見せた竹の弁当箱だ。素材は違うとはいえ、同じ職人の手わざによる品だ。太平も真次もしばらくためつすがめつして出来に感じ入っていた。

「ちいと辛（つれ）えだろう。……お、うまそうなのができたな」

太平がいくらか腰を浮かせた。

「お待たせいたしました。松茸（まつたけ）と鶏の挟み焼きでございます」

真造は円い皿に盛ったものを差し出した。

「おお、うまそうだな」

「兄さんにも、こちらにも」

真造が真次と大五郎の分も出した。

松茸と鶏の腿肉をそぎ切りにして、互い違いにいくらかずらしながら重ねる。これに串を打ち、たれを二度、三度と塗りながら香ばしく焼きあげていく。たれは酒が二、味醂が六、濃口醤油が四の割りだ。これをまぜて煮切り、刷毛で塗っては焼く。

魚や肉を焼くのに合うたれだ。鶏ではなく、鴨肉などでもうまい。

焼きあがったら串を抜いて盛り付け、溶き辛子を添える。渋い大人の肴だ。

「焼き加減がちょうどいいな」

真次がうなずく。

「辛子がまたいい感じだ」

椀づくりの親方が笑みを浮かべた。

「お座敷、徳利お代わりお願いします。おあと、蒲焼きの追加を」

おみねがせかせかと戻ってきて告げた。

「はいよ。蒲焼きはこれで終いだな」

真造が答える。

昼の膳の顔だった秋刀魚の蒲焼きは、二幕目のためにいくらか多めにつくっておいたのだが、これで首尾よく売り切れだ。

「あ、そうそう、的屋さんは今日も繁盛みたい。おまきちゃんのいい声が聞こえてきた」

おみねが笑顔で告げた。

「そりゃ何よりだ」

と、真造。

「旅籠の看板娘だな。いい声が響くと、町じゅう気持ちがいいやね」

太平はそう言うと、挟み焼きの残りをうまそうに胃の腑へ落とした。

三

同じころ――。

的屋では、客が一階の部屋に案内されるところだった。

見晴らしのいい二階もあるのだが、親子三人の客はどうあっても一階をと所望した。老父とおぼしい男はだいぶ足腰が弱っており、駕籠(かご)から下りるのも大変そうだった。階段の上り下りはつらいから、一階の部屋を望むのはうなずけるところだ。

「大丈夫かい？　おとっつぁん」

息子が気遣う。

「ああ、大丈夫だ」

父は気丈に言ったが、長旅でつらそうだった。

「いまお茶をお運びしますので」

呼び込みをした娘に代わって応対に出たおかみのおさだが言った。

その後ろから、あるじの大造があたふたと姿を現した。

「ようこそのお越しで。どちらからいらっしゃったんですか？」

一礼してから問う。

「相州の大磯からで」

息子が答えた。

「茶見世を休みにして、最後の江戸見物にと」

大儀そうな父を気づかわしげに見ながら、娘が言った。

「さようですか。海辺の宿場町で、いいところだといううわさはかねがね」

大造が愛想よく言う。

「三十年ぶりの御開帳があるもので、それに合わせて」

息子が言ったとき、旅籠の看板娘が茶菓を運んできた。うしろから跡取り息子の大助も続く。手が空いていれば家族総出で出迎えるのが的屋の習わしだ。

「三十年ぶりの御開帳と申しますと……駒込の大乗寺でございますか？」

湯呑みを差し出しながら、おさだがたずねた。

これに海苔を散らした煎餅がつく。隣町の煎餅屋から仕入れている醤油の香り高い品だ。

「そのとおりで」

老父がそう言って、湯呑みの茶をゆっくりと啜った。

「前は、五年前に亡くなったおっかさんと一緒に見たんだそうです」

息子が言った。

「ああ、思い出の仏様なんですね」

おさだがうなずいた。

「大乗寺の慈母観音様がまた御開帳になるっていううわさを聞いて、どうあってもまた見たいとおとっつぁんが言うもので」

娘がいきさつを告げた。

「なるほど、それで三十年ぶりに出てこられたわけですね。遠方より、お疲れさまでございました」

的屋のあるじはていねいに頭を下げた。

「江戸へ来るだけで疲れ果てました」

大磯から来た老人は、いささか遠い目つきで言った。

四

東海道の宿場町の大磯で、卯三郎(うさぶろう)は長く茶見世を営んでいた。

女房のおそのとともに切り盛りしていた茶見世では、草団子や安倍川餅(あべかわもち)などを出した。街道筋の茶見世は繁盛し、そのうち夫婦は子宝にも恵まれた。

跡取り息子は磯吉(いそきち)、看板娘はおうの。家族で営む茶見世からは元気のいい声がいつも響いていた。

だが……。

照る日があれば、曇る日もある。ときには涙の雨も降る。

あいにくなことに、おかみのおそのが病に罹(かか)り、半年も経(た)たないうちに亡くなってしまった。気落ちした卯三郎はめっきり老けこみ、見世の切り盛りもままならなくなった。

そのうち、跡取り息子の磯吉が妻を娶ったので、卯三郎は隠居し、静養につとめることになった。娘のおうのは練り物づくりの職人に嫁いだから、子供たちについては何の憂えもなくなった。

亡き女房の菩提を弔いながら、卯三郎は平穏に暮らした。身の調子がいいときは茶見世に顔を出し、昔取った杵柄で客の相手をした。

あるおり、江戸から来た客が大乗寺の御開帳の話をした。三十年に一度しか見ることができない秘仏の慈母観音が御開帳になるのだ。

三十年前は、茶見世を休みにし、女房のおそのと一緒にわざわざ江戸まで足を運んだ。秘仏の慈母観音は霊験あらたかで、拝めば福が来り子宝にも恵まれるという。まだ磯吉を授かっていなかった卯三郎とおそのは、それを聞いて思い切って江戸まで出かけた。

江戸では秘仏を拝み、おいしい料理を食べ、浅草の観音様や奥山などの名所を回って楽しく過ごした。どちらも若かった。駕籠も使わず徒歩にて江戸のほうぼうを巡った。

霊験はすぐ表れた。おそのが身ごもり、磯吉を産んだ。名の由来は、むろん大磯の磯だ。続いておうのも生まれ、茶見世も繁盛した。

「大乗寺の慈母観音様に御礼参りをしたいけれど、御開帳は三十年に一度だからな」

「あっと言う間よ、三十年なんて。そのころは磯吉が茶見世を継いでるだろうから、また二人で出かけましょうよ」

「そうだな。楽しみだ」

夫婦はそんな話をしていた。

しかし……。

その夢は叶わなかった。次の御開帳を待たずして、おそのは三途の川を渡ってしまった。

卯三郎にも昔日の面影はなかった。杖を頼りに近くの八雲神社へお参りに行くのが精一杯だった。

それでも、卯三郎は御礼参りのことを忘れてはいなかった。

三十年前の御開帳のとき、願を掛けたからこそ子宝に恵まれ、茶見世もいまに至るまで繁盛が続いている。磯吉と若おかみのおさえとのあいだには子ができて、初孫をその手で抱くことができた。娘も嫁ぎ先で大事にしてもらっている。

そういったもろもろの幸いの源が、大乗寺の秘仏の御開帳だった。ここはどうあっても御礼参りがしたい。

女房のおそのの命日のお参りに来た磯吉とおうのにそう訴えたところ、初めのうち子供たちは止めた。歩くのも大儀そうなのに、江戸へ出たりしたら寿命を縮めてしまいかねない。そう案じるのは無理からぬことだった。

「おいらはもう、いつあの世へ行ってもいい。向こうでおそのが待ってるからな。ただ……たった一つ、いや二つ、思い残したことがある」

その一つが、三十年ぶりの御礼参りだった。

卯三郎が熱心に訴えるから、子供たちは父の思いを叶えてやることにした。

磯吉は茶見世を女房に任せた。小さい子がいるので一人では無理だが、幸い、幼なじみが手伝いに来てくれることになった。練り物屋に嫁いでいたおうのも、秘仏の御開帳の代参を兼ねて一緒に行ってこいと送り出してもらえた。

かくして、息子と娘にしっかりと付き添われて、卯三郎は駕籠に揺られて大磯から東海道を下った。

そして、三十年ぶりに江戸の土を踏んだのだった。

五

「なるほど、それは本当にようこそのお越しで」

大磯から来た客からいきさつを聞いた的屋のあるじは、しみじみとした口調で言った。

「まずは初めの関所を越えて、江戸の宿に泊まるところまでは来ました」

磯吉が白い歯を見せた。

「今日はゆっくり休んでくださいましな」

おかみのおさだも笑みを浮かべる。

「駕籠が要り用でしたら、すぐ走って呼んできますので」

大造が身ぶりをまじえて言った。

「あとは仏様を拝んで、思い出の料理を食べるだけだね、おとっつぁん」

磯吉が言った。

「ああ、夕餉にでも食えればな」

卯三郎はまたいくらか遠い目つきになった。

「思い出の料理でございますか？」

おさだがたずねた。

「三十年前に女房と来たときは、足がまだ達者だったので、深川の八幡様へもお参りしたんです。その門前で食った浅蜊飯が途方もなくうまかったんで、また食ってみてえと前々から思ってましてね」

卯三郎が答えた。

「おまえ、つくってくれって言われたので、いくたびかやってみたんですけど、どれも違うって言われてしまって」

おうのが苦笑いを浮かべた。

「いや、うめえはうめえんだが、あいつと食った浅蜊飯とは違ってた」

卯三郎が言う。

「駒込の大乗寺と深川の八幡様の門前とでは、向きがあべこべですね」

聞いていた看板娘のおまきが小首をかしげた。

「それに、江戸にくわしい人から聞いたところでは、おとっつぁんがおっかさんと一緒に入った見世はもうのれんを下ろしているそうで」

磯吉が伝えた。

「若いころなら、近くの見世へ手当たり次第に入って食べることもできるでしょうが、もう胃の腑がだいぶ縮んできちまったもんで」

　卯三郎は腹に手をやった。

「なら、わん屋さんに出前をお頼みしたらどうかしら」

　おまきが水を向けた。

「初出前か」

　と、大造。

「うん。厨に浅蜊が入ってるといいんだけど」

　娘が答える。

「旬じゃないから、どうかしらね」

　おさだがあごに手をやった。

　浅蜊の旬は春から初夏にかけてで、いまでも入るがいささか見劣りがする。

「わん屋というのは？」

　おうのがたずねた。

「近くの料理屋さんなんです。おみ足のお悪いお客さんや、雪が積もったときのために出前をしていただく段取りが整ってまもないところでして」

「ご注文をいただけたら、今日が初出前になります」

的屋の夫婦が答えた。

「それなら、もう旅籠から出なくても済むね、おとっつぁん」

磯吉が言った。

「そうだな。もしできるのなら、浅蜊飯が食いてえ」

卯三郎は乗り気で言った。

「じゃあ、頼んできます」

おまきはすぐにでも動きだしそうだった。

「浅蜊がなかったらどうする？」

大造が言う。

「そいつぁ、おまかせでつくっていただければと」

卯三郎が右手を挙げた。

「ないものは出せませんから、できるもので」

「みなで出前料理をいただきますので」

息子と娘が笑みを浮かべた。

こうして、話が決まった。

六

「浅蜊なら、ちょうど入ってますよ」

わん屋のおかみが言った。

「まあ、それは良かったです」

的屋の看板娘の表情がぱっと晴れた。

「ただ、浅蜊飯にもいろいろあって、炊きこみご飯にするのは手間がかかってしまうね。味噌汁をかけて浅蜊のむき身をのせるやり方なら夕餉にも出せるけれど」

真造が言った。

「あっ、そうか。どういう浅蜊飯だったか、聞いてきましょうか」

おまきがたずねた。

「でも、いまから出前だけのために炊きこむのは無理かと」

おみねが首をひねる。

「そのお客さん、すぐ帰るわけじゃないね？」

真造が問う。

「ええ。駒込の大乗寺の御開帳に合わせて出てこられたので」

的屋の看板娘が答えた。

「なら、当分はいるね」

大黒屋の隠居が言った。

一枚板の席には、椀づくりの親方の太平、弟子の真次と大五郎に加えて、塗物問屋の隠居の七兵衛と手代の巳之吉もふらりと姿を現して陣取っていた。

「だったら、今日のところは汁かけの浅蜊飯にして、違ってたらくわしい話を聞いて、それに合わせたのをまた出前すりゃあいいや」

太平が案を出した。

「そうですね。そういたしましょう」

真造は笑みを浮かべた。

「じゃあ、頃合いに取りにまいります」

おまきが言った。

「今日はお座敷も空いてるから、わたしが運ぶわ」

「いまつくってる肴もあるからね」

わん屋の二人が言う。

「分かりました。じゃあ、すみませんが、よしなにお願いいたします」

おまきはきびきびと言って頭を下げた。

かんざしに付いた金銀の小さな短冊が揺れる。「千客万来」「一陽来復」と小さな字で刻まれたかわいい短冊だ。

「ご苦労さま」

巳之吉が声をかけると、看板娘はにこっと笑ってから的屋へ戻っていった。

ほどなく、肴が出た。

「お待たせいたしました。黄金(こがね)大根でございます」

真造はていねいに両手で碗を出した。

あつあつの料理は木の椀ではなく、焼き物の碗で出すことも多い。そちらのほうにもなじみの匠(たくみ)や問屋がいくたりかいた。

「わん屋の名物料理の一つだね。うまそうだ」

七兵衛が受け取って言う。

「ただの風呂吹き大根じゃねえんだな」

初めて味わう親方が言った。

「ええ。玉子の黄身を練りこんだ黄金色の玉味噌をかけております」

真造が答えた。

「へえ、そりゃ豪勢だ」

太平はそう言って、さっそく箸を伸ばした。

いくらか値は落ち着いてきたとはいえ、まだまだ玉子は高価な品だ。幸い、わん屋には安く仕入れるつてがあるため、玉子を心おきなく使うことができる。大根おろしをたっぷり添えただし巻き玉子や、玉子をまぜた炒め飯などもよく出す料理だ。

「うまいな、真造」

真次がうなった。

「大根にも、いい按配に味がしみてます」

弟弟子の大五郎も満足げに言った。

「柚子味噌や赤味噌がけの風呂吹き大根もここでいただくけれど、玉味噌はこくがあってまたいいね」

七兵衛が言った。

「ありがたく存じます」

客の声に答えながらも、真造は次の浅蜊飯の仕込みにかかった。

「浅蜊の殻が触れ合う音を聞くと、食べたくなるね」

七兵衛が言った。

「さようですね、大旦那さま」

お付きの手代も和す。

「出前が三人分ですから、あと三人でしたら浅蜊が足ります」

真造が頭の中で素早く算盤(そろばん)をはじいた。

「なら、弟子は遠慮しときな」

太平がにやりと笑った。

「へい」

大五郎が苦笑いを浮かべた。

「いや、手前も相済まないので」

巳之吉があわてて言った。

「わたしはいいから食べなさい」

真次が手代に譲る。

「そんな構えた料理じゃなく、もとは漁師のまかない飯だからね」

真造が言った。

結局、大黒屋の主従と椀づくりの親方が浅蜊飯を食すことになった。

まかない飯から始まった料理だから、つくり方はいたって簡便だ。浅蜊のゆで汁を使った濃いめの味噌汁をつくり、飯の上からかける。そこへ浅蜊の身と小口切りの葱を散らせばもう出来上がりだ。

「出前は大黒屋さんから仕入れた蓋付きの塗物で」

真造が七兵衛に言った。

「ありがたいね。……お、来た来た」

隠居が碗を受け取った。

「碗で運ぶと重いですからね」

巳之吉が言う。

「うちのは使ってくれねえのかい」

半ば戯れ言めかして、椀づくりの親方が言った。

そこへも浅蜊飯が出る。

「いや、浅蜊飯だけだと寂しいので、炊き合わせを親方の椀でお出ししようかと」

真造が言った。

「そうかい。そりゃうれしいね」

太平はそう言うと、浅蜊飯をわっとかきこみだした。

「おう、浅蜊がぷりぷりしててうめえや」

椀づくりの親方の声に、

「味噌の濃さがちょうどいいね」

塗物問屋の隠居の声がかぶさる。

「おいしゅうございます」

手代の顔がほころんだ。

「的屋のお客さんが喜んでくださったらいいんですけど」

おみねも笑みを浮かべた。

七

わん屋の初出前の支度は整った。

倹飩箱(けんどんばこ)はすれ違う者への引札(ひきふだ)（広告）になるから、両脇に「わん屋」と記し、取っ手に鈴もつけた。

　おみねが届けた料理は、さっそく部屋で待っていた大磯の客に供された。茶だけは旅籠が出した。

「わあ、おいしそう」

　蓋を取ったおうのの瞳が輝いた。

　だが……。

　肝心の卯三郎は見るなりあいまいな顔つきになった。

「違うかい、おとっつぁん」

　それと察して、磯吉が問うた。

「こんな汁気の多い飯じゃなかった、おそのと一緒に食ったのは」

　卯三郎は残念そうに言った。

「なら、炊きこみご飯ね」

　おうのが言った。

「ああ、いろんな具が入ってた。人参に葱に椎茸に……油揚げも入ってたような気がする」

　三十年前に食べた料理なのに、卯三郎はそこまでよく憶えていた。

「だったら、次はそれでつくってもらえねえかと訊いてみるよ。明日発つわけじゃねえんだから」

息子はそう言って箸を動かした。

「ああ、おいしい」

娘が感に堪えたように言う。

「たしかに、これはこれでうめえな」

いくらか食べた卯三郎が笑みを浮かべた。

「炊き合わせがまたうめえ。筋のいい料理を出すな」

磯吉がうなった。

大根、人参、里芋、椎茸、それに飛竜頭、薄からず濃からずのいい按配に炊けている。

「ほんと、里芋がおいしい」

おうのが幸せそうな顔つきになった。

「とりあえず、駕籠に揺られて江戸へ出てきた甲斐があったな」

大磯から来た老父はそう言うと、また浅蜊飯をかきこんだ。

第四章　足された味

一

「おっ、今日は浅蜊の炊きこみ飯膳だってよ」

翌日、わん屋の前を通りかかった職人衆の一人が言った。

「そうかい、なら食ってくか」

「数をかぎられるから、しょっちゅうあぶれちまうからよ」

そろいの半纏(はんてん)の職人衆はわいわい言いながら、わん屋ののれんをくぐっていった。

「いらっしゃいまし」

「空いてるお席へどうぞ」

おみねとおちさがいい声を響かせる。

「はい、お膳三丁」

おみねが厨につないだ。

「はいよ」

ねじり鉢巻きの真造が答えた。

浅蜊の炊きこみご飯に加えて、目刺しも出した。尾の張った秋刀魚の焼きものなどは器が大きくなってしまうから厳しいが、目刺しなら円い皿に載る。

これに三度豆の小鉢と香の物と汁がつく。汁まで浅蜊だとくどいから、具は豆腐と葱だ。

客は次々に来た。今日も中食の膳は三十食だ。早くも残りが少なくなった。

「相済みません、こちらで終いになってしまいますので」

列に並んでいた客に向かって、おみねがすまなそうに言った。

おちさがすかさず動き、「けふの中食の膳、売り切れました」という立て札を出す。

「なんでえ、終いかよ」

「浅蜊の炊きこみご飯、食いたかったのによう」

二人の左官が不満そうに言う。

「申し訳ございません。夕方前にまた炊きあがりますので、よろしければお越しください」

おみねはそこで声を落とした。

「徳利一本、おつけいたしますので」

「大徳利じゃねえのかい」

すかさず左官が言う。

「うーん、では、日頃のごひいきにお応えして、一本だけ」

おみねは人差し指を立てた。

「おう、なら、壁をさあっと塗ってから来なきゃな」

「あぶれてみるもんだぜ」

左官たちの機嫌はにわかに直った。

「けど、なんでまた二度も炊くんだい」

一人がふと思いついたように問うた。

「はい。近くの的屋さんに逗留（とうりゅう）されているお客さんが浅蜊飯をご所望なので、届けることになってるんです」

おみねは倹飩箱を提げるしぐさをした。

「そうかい、出前もやるのか」

「大変だが気張りな」

「仕事のきりがついたら呑み食いに来るからよ」

機嫌を直した左官たちが言った。

二

同じころ——。

大磯から来た家族は駒込の大乗寺に着いた。

「すまねえな。駕籠代だけでも馬鹿にならねえだろう」

息子と娘に付き添われた卯三郎が言った。

「こういうときのために稼いでたんだからよ、おとっつぁん」

磯吉はそう言って、御開帳の列に並んだ。

「三十年前もこんなに賑わってたの？」

おうのが少し驚いたように訊いた。

御開帳の人出を当てこんで、蕎麦や稲荷寿司などの屋台が出ている。稲荷寿司の売り手は狐（きつね）の面をかぶる念の入れようだ。

「ああ、おそのと来たときもそうだった。おんなじような屋台が出てた」

卯三郎はそちらのほうを手で示した。

「なにしろ、三十年ぶりの御開帳だからね」

磯吉が言う。

大乗寺の慈母観音は、あまりにも慈悲の心が深すぎるから、日々のお参りを受けつけていては涙を流しすぎて無と化してしまう。そこで、三十年に一度の御開帳になったというまことしやかな話が伝わっていた。

だいぶ待ったが、卯三郎たちの番が来た。

若い僧が一礼する。

前方を見ると、仏様の神々しいお顔が見えた。

三十年ぶりに見る慈母観音に、死んだ女房の顔がかぶさる。

卯三郎は両手を合わせ、涙を流しながらひとしきり慈母観音に祈った。

帰りは門前の蕎麦をたぐっていくことにした。

夕餉はまたわん屋の出前を頼むことになっている。三十年前に食べた浅蜊飯がどういうものだったか、具も含めて思い出せるかぎりわん屋のおかみに伝えたから、今日こそ思い出の料理を出してくれるかもしれない。昼は小腹を満たすくらいでいいので、蕎麦がちょうどいい。

「前にもここへ入ったのかい？」

磯吉がたずねた。

「いや、前はこんな見世はなかった」

記憶をたどって、卯三郎は答えた。

「見世ののれんを長く続けるのは大変だから」

おうのが言う。

「茶見世とはいえ、親子二代、長く続いてるんだから大したもんだよ」

磯吉が笑みを浮かべた。

「三代目もいるしね」

妹のおうのが言った。

「ありがてえこった」

卯三郎がまた両手を合わせたとき、蕎麦が来た。

外二（そとに）で打った蕎麦だということで、なかなかに風味豊かな蕎麦だった。

「大磯にも筋のいい蕎麦屋はあるけど、やっぱり江戸だね」

磯吉が上機嫌で言った。

「ああ……うめえ」

卯三郎が間を置いてから言う。

蕎麦湯の湯桶も運ばれてきた。どろりとした蕎麦湯で濃いつゆを割り、卯三郎はゆっくりと呑み干した。

「……江戸の味だ」

大磯の茶見世の隠居はしみじみと言った。

「はらわたにしみ通るのは、酒だけじゃねえな」

と、磯吉。

「これでもう、江戸の食い物で思い残すことはねえ。あとは思い出の浅蜊飯を食えれば」

卯三郎の目尻にいくつもしわが浮かんだ。

「楽しみね、おとっつぁん」

おうのも笑みを浮かべた。

三

わん屋では、この日二度目の浅蜊飯が炊きあがろうとしていた。

塩抜きをした浅蜊は鍋で酒蒸しにする。蒸しあがったら浅蜊を取り出し、身だけにする。残った汁を捨ててはいけない。浅蜊のうま味がぎゅっと溶けこんでいるからだ。

具はせん切りにした人参、薄いそぎ切りの椎茸、それに、油抜きをして細い短冊に切った油揚げだ。これをだしと醬油と酒で煮る。火が通ったところで具と煮汁を分ける。

ここでも汁を捨ててはならない。浅蜊と具をのせて飯を炊くときに、浅蜊の汁と具の煮汁を使えば、仕上がりのこくがまったく違ってくる。

「味見してくれ」

炊きあがった浅蜊飯を蒸らしたところで、真造がおみねに言った。

「まあ、おいしそう」

小鉢に取り分けられたものを、おみねはさっそく口に含んだ。

「どうだい？」

真造が問う。

少し遅れて、おみねのほおにえくぼが浮かんだ。

「これならきっと大丈夫」

おみねは太鼓判を捺した。

「なら、いいんだが」

真造はなおも慎重に言った。

ほどなく、左官衆がのれんをくぐってきた。

昼に来た二人が、さらに二人の仲間をつれてきてくれた。これなら大徳利一本など安いものだ。

円い皿に盛り付けられた寒鰈の刺身や炊き合わせなどの肴に加えて、昼に約した浅蜊の炊きこみご飯を出した。

「おお、来た来た、昼に食いそびれちまったからな」

「残り物には福があるんで」

「いや、新たに炊いたやつだぜ」

ひと仕事終えてから来た左官衆はにぎやかだ。

「おいしく炊けてますので」

おみねが自信ありげに言った。

「おう、ならさっそく」

「刺身も食いてえが、まずは飯だな」

左官衆は箸を動かしだした。

評判は上々だった。

「こりゃ、うめえや」

「飯に味がしみてるじゃねえか」

「年寄りの死にかけてる料理人にしか出せねえ味みてえだぜ」

「そりゃほめてるのかよ」

そんな調子で、炊きこみご飯にした浅蜊飯はまたたくうちに平らげられた。

「これなら、出前が楽しみね」

左官衆の様子を見ていたおみねが小声で告げた。

「お気に召すといいんだがな」

真造も声を落として答えた。

四

「たしかに、うめえ。うめえんだが……」

卯三郎はそこで箸を止めて首をひねった。

わん屋の膳が今日も届いた。大磯の家族がさっそく舌鼓を打ちだしたところだ。

磯吉とおうのには好評で、うめえ、おいしいの声が重なって響いた。

さりながら、肝心の卯三郎はどこか片づかないような顔つきをしていた。

「何か足りねえのかい。おとっつぁんが伝えたとおりの具が入ってるぜ」

磯吉がいぶかしげな顔つきで言った。

「ああ、具はこれでいい。飯もうめえ」

卯三郎は言った。

「なら、何が足りないのかしら」

おうのがけげんそうな顔つきになった。

「三十年も経ちゃ、舌も変わるだろう。そのせいじゃねえのか？」

磯吉が言った。

「そうかもしれねえ、が……」

卯三郎はなおもどこかに引っかかりがあるような表情だった。

「どこがどう違って、何が足りないのか言わないと、わん屋さんも直しようがないよ」

おうのが言った。

今日の倹飩箱はわん屋のおかみでも的屋の看板娘でもなく、おうのと磯吉が運んできた。父が世話をかけてますとあいさつに行ったところ、ちょうど出前の支度が整うところだった。そこで、しばらく立ち話をしてから、二人で倹飩箱を提げてきたのだった。

「うーん、足りねえのは……」

卯三郎はしばらく思案してから告げた。

「何かこう、ぴりっとしたものが足りねえような気がする」

「小口切りにした葱は散らしてあるよ」

おうのが言った。

「葱の薬味じゃ不足なのかい」

磯吉が問うた。

「葱だけじゃなかった。あいつと食べた浅蜊飯は、もっとぴりっと締まってた」

卯三郎はしっかりした口調で言った。

五

その晩——。

行灯（あんどん）の灯（あか）りを頼りに、真造は遅くまで書見をしていた。

神官の家系に生まれた真造は、わらべのころから書物に親しんできた。と言っても、宮司を継いだ長兄の真斎のように難しい神道書を繙（ひもと）くことはなかった。

もっぱら読みふけったのは料理の指南書だ。

天明（てんめい）年間（一七八一—一七八九）には江戸の市中で屋台がにわかに増えた。寿司に蕎麦、天麩羅（てんぷら）に蒲焼き、さまざまなものが屋台で気軽に食すことができるようになったのだ。

それに呼応するかのように、料理指南書が折にふれて上板（じょうばん）されるようになった。のちに続篇が次々に刊行されるようになった『豆腐百珍』。これまた好評で続篇が出た『万宝料理秘密箱』などだ。

享和年間（一八〇一—一八〇四）になると、『料理早指南』や『素人庖丁』などが好評をもって迎えられた。これらの指南書も続篇が出て長く読まれた。

文化を経ていまの文政の世になると、江戸じゅうに料理屋ができて未曾有の繁盛ぶりになった。円い器にしか料理を盛らない風変わりな見世も、そのうちの一つだ。

上板される料理書もとみに増えた。新たな書物が出たといううわさを聞くと、真造はすぐ購って目を通していた。

そのなかの一冊に『当世料理指南集』があった。素材ごとに調べることができるのが重宝だ。

「まだ起きてるの、おまえさん」

先に休んだおみねが目を覚まし、真造に声をかけた。

「ああ、悪いな、起こしてしまったか」

紙をめくりながら、真造はわびた。

「ううん、それはいいんだけど、あんまり根を詰めないほうがいいわよ」

おみねが言った。

「ああ、分かってる。浅蜊飯に何が足りないか、どこかに書いてあったような気がしたんだ」

真造はそう答えて、なおも書見を続けた。

「そう……なら、先に寝るね」

おみねは眠そうに言った。

「ああ、おやすみ」

真造はやさしい声で答えた。

ほどなく、おみねが寝息を立てはじめた。

そのうち、真造の指がふと止まった。

これだ……。

浅蜊飯に何が足りなかったのか、答えがそこに記されていた。

六

翌日――。

わん屋の中食の立て札を見て、なかには首をかしげる客もいた。

「なんでえ、今日も浅蜊飯かよ」

「べつに旬でもねえのによう」

昨日の夕方に来たばかりの左官衆が首をかしげた。今日は小ぶりの寒鰈の煮つけもつく中食の膳の列に並んでいる。

「ただ、『きのふよりうまい』って書いてあるぜ」

「ほんとだ。何か足したのかもしれねえな」

左官衆が言う。

「はい、あるものを足しております」

耳ざとく聞きつけたおみねが少し離れたところから答えた。

「ほう、そりゃ楽しみだ」

「お魚の煮つけのほうにも入れましたので」

おみねは謎をかけるように言った。

「そりゃあ……醤油かい」

「醤油なら昨日も入(へえ)ってたぜ」

「何だろう。分かんねえな」

左官衆の一人が首をかしげた。

「それは召し上がってのお楽しみで」

おみねのほおにえくぼが浮かんだ。

ややあって番が来て、座敷に陣取った左官衆のもとへ、おちさが膳を運んでいった。

さっそくわいわい言いながら膳をつつきだした左官衆の一人が、だしぬけに声をあげた。

「なるほど、分かったぜ。こいつだ」

左官が箸で示したのは、寒鰈の煮つけに添えられた針生姜だった。

「そうか、たしかに昨日よりうめえと思ったら生姜か」

「ぴりっと味が締まってるぜ」

仲間が腑に落ちた顔つきで言った。

真造が料理書に見出したのは、飯を炊くときに生姜の微塵切りを加えるつくり方だった。さっそく試してみたところ、生姜が浅蜊飯のすべてを引き締めてくれた。

「こりゃ、うめえ」

「煮つけもとろけるみてえだぜ」

「具だくさんのけんちん汁もついてるしよ」

「やっぱり昼はわん屋だぜ」

左官衆は上機嫌だ。

けんちん汁は大根、人参、里芋、焼き豆腐の具だくさんだ。胡麻油で炒めているから、胡麻の香りも漂ってくる。冬場にはありがたい、五臓六腑にしみわたる汁だ。

左官衆ばかりではない。膳の好評はほうぼうから聞こえてきた。

「これならいけそうだな」

膳運びから戻ってきたおみねに向かって、真造は言った。

「夜なべした甲斐があったわね」

と、おみね。

「いや、まだ肝心の夕餉が残っているから。今日はあいさつがてら、わたしが運ぶよ」

真造はそう言った。

「今度こそ、ね」

おみねの声に力がこもった。

七

「おや、わん屋さん、手ずから出前ですか」

的屋のあるじの大造が驚いたように言った。

「大磯のご隠居さんにあいさつがてらと思いまして」

倹飩箱を提げた真造が笑みを浮かべた。

「まあ、ようこそのお越しで」

客に対するかのように、おかみのおさだが言った。

「お客さんはいらっしゃいますか？」

真造は問うた。

「ええ。今日は浅草の観音さまへお参りに行って、さきほど戻られたところで」

おかみが答える。

「ご案内しますので」

あるじが身ぶりをまじえて言った。

「失礼いたします。料理屋のわん屋でございます」

倹飩箱を提げたまま、真造は一礼した。

「おお、これはこれは」

「ご苦労さまでございます」

大磯から来た家族の息子と娘が頭を下げた。

「ご苦労さんで」

卯三郎も礼を言う。

「ゆうべ書物を読んで、浅蜊飯にあるものを加えてみました。これで味がぴりっと締まったかと存じます」

料理を取り出しながら、真造が言った。

「お世話をおかけしました」

おうのがすまなそうに言った。

「じゃあ、さっそくいただくことにしよう、おとっつぁん」

磯吉が蓋つきの丼を老父の前に置いた。

真造ばかりでなく、的屋の夫婦も見守るなか、卯三郎は浅蜊飯に箸を伸ばした。

磯吉とおうのも続く。

「あっ、うめえ」

磯吉がまず声をあげた。

「ほんと、昨日のよりさらにおいしくなってる」

おうのもびっくりしたように言う。

「生姜を足してみたんです」

真造が伝えた。

「なるほど、それだけで味が引き立つんですね」

的屋のあるじがうなずく。

「いかがですか？」

おかみが卯三郎に声をかけた。

卯三郎はいくたびもうんうんと小さくうなずいた。

その目尻からほおにかけて、ひとすじの水ならざるものがつたっていく。それが何よりの答えだった。

ほっ、と一つ真造が息をつく。

「うめえ……」

のどの奥から絞り出すように、卯三郎は言った。

「うめえな、おとっつぁん」

磯吉はそう言うと、今度は椀のけんちん汁を啜った。

「ああ。おそのと一緒に食った味だ」

もう一度うなずいてから、卯三郎は続けた。

「あいつの墓にも供えてやりてえぜ」

それを聞いて、真造はふと思いついた。

「炊きこみご飯の浅蜊飯なら、俵結びにしてお弁当にもできますが」

そう水を向けると、大磯の家族はすぐ乗ってきた。

「それはいいですね」

「ぜひお願いします」

息子と娘が言う。

「お発ちはいつでございましょう」

真造が問うた。

「明日は深川の八幡様へお参りして、あさっての昼に発つつもりです」

おうのが答えた。

「では、支度を整えてお持ちしますので」

真造は白い歯を見せた。

「ちょうどいい按配の竹の弁当箱があるんですよ、わん屋さんには」

的屋のあるじが言った。

「道中、楽しみですよ」

おかみも和す。

「どうかよしなに」

真造に向かって頭を下げると、卯三郎はまた感慨深げに箸を動かしだした。

第五章　功徳（くどく）の影

一

翌々日のわん屋の中食の膳は、また浅蜊飯になった。

的屋の客の弁当にするためだ。多めに炊いて、蒸らして粗熱が取れてから俵結びにしていく。

すでに竹の弁当箱は用意されていた。網代模様がほれぼれするほど美しい弁当箱はいよいよお披露目だ。

まだのれんを出していないわん屋の厨で、真造は心をこめて俵結びを握っていた。

動いているのは手だけではなかった。唇もそうだ。

真造は「ひふみ祝詞（のりと）」を唱えていた。

最も簡便だが、世の成り立ちの深奥に触れた祝詞だ。この祝詞を唱えるだけで、根源的な力や息吹をこめることができる。

ひふみ　よいむなや　こともちろらね
しきる　ゆゐつわぬ　そをたはくめか
うおえ　にさりへて　のますあせゑほれけん

三、五、七の区切りを入れ、最後は一気に唱える。

遠い昔から、人々は願いの最後にこの短い祝詞を唱え、神に祈りを捧げてきた。

その言霊を繰り返し発しながら、真造は一つずつ俵結びをつくっていった。

できあがったものを、おみねが弁当箱に詰めていく。

二段重ねで、一つは浅蜊飯の俵結びのみ、いま一つにはほかの料理を見栄えよく詰めこんでいく。

玉子焼きに大根菜の胡麻和え、小鯛の焼き物に金平牛蒡、椎茸と人参と里芋の煮物。香の物と甘栗まで入った彩り豊かな弁当だ。

おみねの唇もかすかに動いていた。こちらも三峯神社の神官の家系だ。ひふみ祝詞は諳(そら)んじている。

わん屋の中では、手伝いのおちさがきれいに土間を掃き清めている。二人が祝詞を唱えながら弁当をつくっていることもあり、わん屋には引き締まった清浄の気が漂っていた。

そこへ一人の若者が入ってきた。

「お早うございます。お世話になります」

そう言いながら姿を現したのは、的屋の跡取り息子の大助だった。

「もうじきできますので」

おみねが笑顔で答えた。

「俵結びはこれで終わりで」

真造はそう言うと、最後に柏手(かしわで)を打った。

わん屋の気がまたぴりっと締まる。

「なら、運びます」

大助が言った。

「弁当箱の件もあるので、わたしも行くよ」

真造が白い歯を見せた。

ややあって、三人分の二重弁当ができあがった。

蘇芳（すおう）と紫苑（しおん）、上品な二色（ふたいろ）の風呂敷で包む。

「これで良し。すぐ戻るから、中食の支度を頼む」

真造が言った。

「行ってらっしゃい」

おみねがいい声で答えた。

二

「こりゃあ、いい品ですね」

蓋つきの網代づくりの竹の弁当箱を見て、磯吉が感に堪えたように言った。

「ほんと、きれいに網目がそろってる」

おうのの瞳が輝く。

「この弁当箱は、返さねえと悪いな」

卯三郎が指さした。

長年、茶見世を切り盛りしてきた男だ。まずそこを気にかけてくれた。

「その件もあってうかがったのですが……」

そう前置きしてから、真造は続けた。

「この竹のお弁当箱は当代一の職人の手になるもので、本来でしたらお返しいただきたいところなのです。しかしながら、大磯からすぐお返しに来ていただくわけにもまいりません。料理と違って、器はすぐ悪くなったりするものではありません。むしろ、使いこめば使いこむほどに味が出るものです。よって、またいつの日か、江戸へお越しの際に返していただければと存じます。それまでにうちがつぶれないように気張ってやりますので」

終いのほうには軽く戯れ言もまじえて、真造は言った。

「一つ、弁当箱を買うわけにゃいかねえんですかい」

卯三郎が問うた。

「もちろん、それでも結構でございます」

真造はそう答え、控えめに値(あたい)を告げた。

「家でも使うの？　おとっつぁん」

おうのが問う。

「おれがおそのとおんなじ墓へ入(へえ)ったら、これでお供えをしてもらおうと思ってな」

　卯三郎はそう言って、竹の弁当箱を指ではじいた。

「そんな、縁起でもねえことを」

　磯吉が苦笑いを浮かべた。

「なに、この世に思い残すことがねえように、三十年ぶりの御開帳につれてきてもらったんだ。思い出の浅蜊飯も食えたし、これでもう何にも思い残すことはねえや」

　大磯の茶見世の隠居は渋い笑みを浮かべた。

「なら、うちにも一つ、お弁当箱をいただこうかと」

　おうのが少し思案してから言った。

「それなら、一つ返すだけでいいからな」

　磯吉が白い歯を見せた。

　段取りが決まり、ほどなく支度が整った。

　的屋の前に二挺（ちょう）の駕籠が止まる。片方に卯三郎とおうの、もう片方に荷を積んで磯吉が乗りこんだ。

「いつになるか分かりませんが、きっと返しにまいります」

磯吉が真造に向かって言った。

「本当に急ぎませんので」

真造が笑みを浮かべた。

「道中お気をつけて」

「ありがたく存じました」

的屋のあるじとおかみが一礼する。

「なら、これで。途中の芝神明(しばしんめい)で弁当をいただきまさ」

卯三郎が言った。

「おっかさんの墓にもお供えしますので」

おうのも言う。

「どうかよしなに」

真造はていねいに頭を下げた。

「ありがたく存じました」

「またのお越しを」

旅籠の看板娘と跡取り息子の声が響く。

駕籠が動きだした。

それを見届け、的屋の面々にあいさつをすると、真造は急いでわん屋に戻った。

三

駕籠は滞りなく芝神明に着いた。

駕籠屋に駄賃を払って休んでもらっているあいだに、大磯の茶見世の家族はまずお参りを済ませた。

「ここはお伊勢さんの代わりだからよ。ほんとに思い残すことはねえや」

卯三郎はしみじみとした口調で言った。

境内を後にした三人は、目についた茶見世に入った。

「あとで汁粉を頼みますんで、弁当を食ってもいいですかい」

磯吉が腰を低くしてたずねた。

「ああ、よございますよ」

「ごゆっくり」

茶見世の夫婦が快く答えた。

大磯で同じ茶見世を営んでいると告げると、話はおのずと弾んだ。家族がさっそく風呂敷包みを解き、弁当箱を取り出す。

「まあ、立派なお弁当箱で」

おかみが目をまるくした。

「当代一の職人さんがつくってくださったもので」

おうのが告げた。

卯三郎が蓋を取り、二段の弁当を横に並べた。

「中もこのとおりでさ」

老人の顔に笑みが浮かんだ。

「うまそうですね」

あるじが身を乗り出してきた。

「浅蜊飯の俵結びに、いろいろつくってもらいました」

と、磯吉。

「玉子焼きがことにうまそうで。なら、頃合いを見て声をかけてくださいまし、汁粉を出しますんで」

茶見世のあるじは愛想よく言った。

浅蜊飯の俵結びもさることながら、どの料理も上々の味だった。

「金平牛蒡の人参が細いわね」

おうのが竹箸でつまんで言う。

「かつら剝(む)きにしてから切ったんだろう。小技が利いてるぜ」

磯吉が笑みを浮かべた。

「うめえ」

玉子焼きを口に運んだ卯三郎が感に堪えたように言った。

「ほんと、ほどほどの甘さで」

と、おうの。

「椎茸の煮つけも味がしみててうめえや」

磯吉が言った。

「もう胸がいっぱいだな。あとはあいつに残してやろう」

卯三郎は俵結びの入った弁当箱をしまった。

「なら、汁粉を頼んでいいかい、おとっつぁん」

磯吉が訊く。

「ああ。江戸の汁粉の食い納めだ」

大磯の茶見世の隠居はそう言って笑った。

四

新年になった。

正月三が日のわん屋は休みだ。あるじの真造はおみねとともに西ヶ原村の依那古神社に里帰りする。

邪気祓いの神社として一部では尊崇を集めている神社だが、社の構えは存外に小さい。こんもりとした森に抱かれるように、古さびた社が建っている。本殿もさほど大きからぬものだ。

それでも、神社の一角の厩(うまや)では真っ白な神馬(しんめ)が飼われているなど、随所にほかの社とは違う清浄の気が漂っていた。

初詣の客も折にふれて訪れる。御札を納め、また新たな御札や福をかき寄せる熊手などを購う。

「ようこそのお参りでした」

「気をつけてお持ちください」

参拝客に対して、二人の女の声が響いた。

一人は四人きょうだいの末っ子の真沙だ。しばらく佐那具神社で修行をしていたが、戻って長兄の真斎を助けている。

今年で十五になる。いちだんと背が高くなり、巫女の衣装がよく似合う匂い立つような娘になった。

手伝いのおみねも巫女のいでたちをしていた。もともと神官の家系だから、こちらも板についている。

「普段はどんなことをしてるの？」

おみねは真沙にたずねた。

「神社を掃き清めたり、社務所に座ったり、おつとめをしてから修行をします」

真沙ははきはきした口調で答えた。

「どんな修行？」

おみねはなおも問うた。

「ご神体に向かって祝詞を唱えながら、世の源へ下っていくんです」

真沙は川を筏で下るかのような調子で答えた。

「ここのご神体は大きな火打ち石だものね」

と、おみね。

「それも、ただの火打ち石じゃなくて、この世に現れたいちばん古い火打ち石の一つだと言われています」

真沙の表情が引き締まった。

「そのご神体で熾した火には悪しきものを浄める力があるって聞いたけど」

おみねが言った。

「ええ。兄はできるんですけど、わたしはまだまだ修行中なので」

真沙はそう言って笑った。

そこでまた参拝客が来た。

「大きいほうの御札を一枚いただけますか」

供の者をつれたあきんどが言う。

「ありがたく存じます」

「百文になります」

おみねは慣れた手つきで御札を差し出した。

「これで一年、無病息災、商売繁盛でいければいいね」

客はそう言って受け取った。

「うちの御札があれば大丈夫でございますよ」

まだ若い真沙が如才なく言ったから、場にふわっと和気が漂った。

五

夕方には次兄の真次も到着した。

土産（みやげ）はおのれの手でつくった椀だ。大小とりどりの椀を頭陀袋（ずだぶくろ）に入れて、真次は依那古神社へ帰ってきた。

「腕が上がったな、真次」

木目の美しい椀をためつすがめつしてから、真斎が言った。

「宮大工のほうはいろいろあって続かなかったけど、なんとかやれそうで」

椀づくりの修業中の真次が答えた。

「なら、さっそくその椀を夕餉に使おう」

真造が言った。

「ああ、いいわね」

おみねがすぐさま言った。

「では、水を汲（く）んでまいります」

真斎の弟子の空斎が言った。

修行を積み、代理の祈禱もできるようになった有為の青年だ。

「わたしも手伝うよ」

真造も立ち上がった。

ほどなく、井戸の清浄な水が厨に運ばれた。

それを使ってつくるのは、まずは雑煮だ。

神社の食事だから、具には凝らない。自ら耕した畑で育てた大根と小松菜に、餅を入れただけの簡素な雑煮だ。

控えめに添えた飯は米より麦のほうが多い。これも近くの畑で育てている。

あとは、大根菜のお浸しに沢庵、大根と人参の煮物、それに、黒豆とするめがついた質素な膳ができあがった。

「正月だから、多少は呑むか」

長兄の真斎が素焼きの徳利を振った。

「望むところで」

真次が盃を差し出す。

「では、わたしも」

空斎も続く。

膳ができた。

真造はおみねと真沙の手を借りて、本殿に料理を運んだ。

「おお、来た来た」

いちばん喜んだのは椀をつくった真次だ。

「では、今年一年の息災を願って、いただくことにしよう」

依那古神社の宮司が言った。

「はい」

「いただきます」

声がそろう。

「雑煮のお代わりはいくらでもありますので」

真造が言った。

その顔を見ていた真斎の表情がふと変わった。

漂う気を読むような顔つきになる。

「真造」

弟の名を呼ぶ。

「何でしょう」

真造は箸を止めて顔を上げた。

「おまえ……何か功徳でも積んだか？」

長兄は思いがけない問いを発した。

「功徳ですか？」

真造はいぶかしげな顔つきになった。

「そうだ。おまえのうしろにそういう影が見える」

並々ならぬ霊力を持つ長兄が言った。

「さあ……わたしは料理人なので、日頃から魚などの生のものを殺めています。業ならともかく、功徳を積んでいるとは思えませんが」

真造はなおも片づかない表情だった。

「わん屋の料理はどれもこれもうまいから、そういう功徳を積んでるんじゃないか？」

折にふれて通っている真次が言った。

「あっ、ひょっとして」

おみねがふと思い当たったような顔つきになった。

「何だ？」

　真造が問う。

「あの思い出料理のことじゃないかしら。大磯のお客さんの……」

「ああ、あれか」

　真造はひざを打った。

「どういうことか話してくれ」

　真斎が言った。

　雑煮の膳を食しながら、真造は話のあらましを伝えた。真斎はときおりうなずきながら聞いていた。

「きっとそれだな」

　聞き終えた真斎は笑みを浮かべた。

「思い出の浅蜊飯にたどり着くまでには、だいぶ苦労したんです」

　おみねが言った。

「遅くまで料理書を繙いていたら、味の決め手に生姜を使うと記されていたので」

　真造はそう告げた。

「書物で学ぶのは、神官も料理人も同じだ」

依那古神社の宮司はそう言って、盃の酒を満足げに呑み干した。

第六章　移ろう季（とき）

一

「そろそろ梅見の季（とき）だな」

わん屋の一枚板の席に陣取った武家が言った。

柿崎隼人だ。今日は道場仲間と一緒に来ている。

「梅見のお弁当でしたら、いくらでもおつくりしますよ」

厨で手を動かしながら、真造が言った。

「あきないがうまいな」

剣術指南の武家が笑みを浮かべる。

「ならば、野稽古を兼ねてどこぞへ繰り出すか」

道場仲間が水を向けた。

「それもいいかもしれぬな」

隼人が乗り気で言ったとき、肴ができた。

細魚(さより)の渦造りだ。

「これは目が回るぞ」

隼人が円い皿を指さした。

「本当だ。回っているように見える」

仲間が笑う。

三枚におろして立て塩にくぐらせ、昆布締めにした細魚を酢洗いし、薄皮を慎重に剝く。これをくるくると巻いて血合いのところを切り離し、切り口を開いて渦巻きのかたちに整え、あしらいを添えて土佐(とさ)醬油ですすめる。

なかなかに小粋な肴だが、わん屋の円い皿に盛ると、たしかに目が回りそうになってしまう。

「糸造りのほうが良かったかもしれません」

真造が苦笑いを浮かべた。

細く切った細魚をつんもりと盛っていく糸造りなら、円い小鉢がうってつけだ。

「まあ、なんにせよ、梅見の弁当はわん屋に頼むことにしよう」

決断の早い隼人が言った。

「まあそれは、ありがたく存じます」

座敷の客へ酒を運んでから戻ってきたおみねが笑顔で言った。

「竹の弁当箱はその後も入っておりますので、十五人くらいまでしたらおつくりできます」

真造が言う。

「はは、そこまでにはならぬ」

剣術指南の武家は白い歯を見せた。

二

「何事かと思ったら、梅見ですか」

大黒屋の隠居の七兵衛が笑った。

「みな野稽古の木刀を提げているゆえ、討ち入りか何かのように見えるな」

柿崎隼人が笑った。

江戸に梅見の季がやってきた。かねてよりの約束どおり、隼人が指南役をつとめる道場の梅見弁当をつくった。八人分だ。

小鯛の焼き物に若竹の炊きこみご飯の俵結び、蕗と油揚げの煮物、だし巻き玉子に莢隠元の胡麻和え、その他もろもろをにぎやかに詰めこんだ、わん屋自慢の弁当だ。若竹づくしの中食の膳もあったから、目が回るほどの忙しさだった。

「では、お気をつけて」

「行ってらっしゃいまし」

おみねとおちさが見送る。

「おう。夕方に弁当箱を返しにくるから」

隼人が風呂敷包みを軽く上げた。

道場衆がどやどやと出ていってほどなく、初顔の二人組がわん屋に入ってきた。ともに大きな箱を背負っている。

「手前は住吉町の瀬戸物問屋、美濃屋のあるじの正作と申します」

初めて顔を見せた男はいくらか硬い顔つきで言うと、供の者に目であいさつをうながした。

「手代の信太です」

あるじより頭一つ高い若者が言った。

「こちらのお見世では円い器ばかりお使いになるといううわさを耳にいたしましたもので、もしよろしければ、手前どもがあきなう品を見ていただきたいと存じまして」

美濃屋はていねいな口調で言った。

「はは、またしてもあきないがたきが来たね」

七兵衛がそう言って、弁当にも入っていた蕗と油揚げの煮物を口中に投じた。

それぞれのかみ味の違いも楽しめる、春らしい煮物だ。

「こちらは塗物問屋のご隠居さんなんですよ」

おみねが身ぶりを添えて言った。

「さようでございますか。新参者がしゃしゃり出てまいりまして恐縮です」

正作は腰を低くして言った。

「うちではさまざまな円い器を使わせていただいております。瀬戸物も市などで仕入れておりますが、見世の名の入ったものなどはまだなので」

真造が言った。

「それでしたら、窯元にいくらでも話を通させていただきますので、まずは手前どもの品をご覧いただければと」

美濃屋のあるじの表情がにわかに輝いた。

「なら、わたしも拝見したいね。塗物問屋だが、瀬戸物を見るのも学びになるから」

半ばはお付きの手代に向かって、七兵衛は言った。

「承知いたしました。では、ただいま」

美濃屋の主従は荷を下ろし、中から瀬戸物を一つずつ取り出した。

ひびが入ったりしないように、どの瀬戸物も油紙にくるんである。そのさまを見ただけでも、ていねいなあきないぶりをうかがうことができた。

「まあ、素朴だけれど品のいい器ばかりで」

いつも市で仕入れてくるおみねが一つずつたしかめながら言った。

「ほんとだね。売り手の心が映されているみたいだ。あきないはこうじゃないといけないよ」

大黒屋の隠居が手代に言った。

「はい、大旦那さま」

巳之吉が素直に答える。

結局、わん屋の二人が気に入った品をいくつか購い、そのうち見世の名の入った瀬戸物も頼むことにした。

　塗物に木彫りの椀に竹細工の器。そこにまた、瀬戸物が加わる。それぞれの匠が腕によりをかけてつくった器が、わん屋で妍を競うことになった。

「では、せっかくですからお茶碗で何か召し上がっていかれては？」

　おみねが水を向けた。

「そうそう。おのれの見世の器でいただく料理はまた格別だよ」

　七兵衛が笑みを浮かべた。

「そう言われると、おなかがすいてまいりました」

　手代の信太が素直に言ったから、一枚板の席に笑いがわいた。

「それなら、梅茶漬けなどをいただけましたら」

　美濃屋のあるじが言った。

「旦那さまは梅干しが好物で」

　手代が言う。

「余計なことまで言わなくてもいいよ」

「はい」

　そんなやり取りからも、美濃屋のあたたかい雰囲気は伝わってきた。

ほどなく、梅茶漬けができた。

梅干しはとっておきの古漬けに至るまでとりどりの瓶をそろえてある。呑んだあとに梅茶漬けを所望する客は多かった。

「ああ、おいしいね」

大きめの茶碗を手にしたあるじの正作が感に堪えたように言った。

梅に鶯が控えめに描かれた白い瀬戸物だ。

「おいしゅうございます」

手代も顔をほころばせる。

「なら、わたしもいただこうかね。どうも人がうまそうに食べているのを見ると、おのれも食べたくなるんでね」

七兵衛が言った。

「大黒屋の塗椀のほうがようございましょうか」

真造が問う。

「いや、これも学びだから、瀬戸物でいただくよ」

隠居は答えた。

「ありがたく存じます。今後とも、何かとお教えいただければと」

美濃屋のあるじが笑顔で言った。

わん屋という見世は湊のようだ。そこへいくつもの船が出入りし、互いに交わりが生まれる。

その日も一つ、ささやかなつながりが生まれた。

三

季は梅から桜へと移ろった。

わん屋の弁当はすっかり客のあいだに根づいた。竹の弁当箱が足りず、戻ってくるのを待ちわびる日まであったほどだ。

そんなある日、わん屋の常連が四人、二幕目に姿を現した。

そのうちの二人は、大河内鍋之助同心と手下の千之助だった。町奉行を通さぬ隠密仕事も請け負う同心はなかなかに多忙だが、仕事の合間によくわん屋に顔を見せてくれている。

あとの二人は、よく似た顔をしたきょうだいだった。

兄が磯松で、妹が玖美。

本郷竹町(ほんごうたけちょう)でおもかげ堂という見世をあきなっている。わん屋からはいささか遠い見世もあるのでそう頻繁に来るわけではないが、大河内同心たちと何か相談ごとがあるときなどにのれんをくぐってくれる。

おもかげ堂は江戸でここだけだと思われるからくり人形の見世だ。茶運び人形から魚釣り人形、鼓笛児童(こてきじどう)に品玉(しなだま)人形、目を瞠るような動きをするからくり人形が並んでいる。

「今日は何かあったんでしょうか」

お通しの支度をしながら、真造が訊いた。

「まあ、ちょいとひと仕事終わったばかりでよ。詳しくは言えねえが」

大河内同心はそう言って、おもかげ堂のきょうだいのほうを見た。

人形と見まがうほど色が白くて整った顔だちの二人が笑みを浮かべる。

それでおおかたの察しがついた。

千之助と同じく、おもかげ堂の二人も大河内同心の手下のようなものだ。悪者の臭いを追い、ねぐらなどを突き止めて捕縛につなげる重要な役どころを担っている。

もっとも、臭いを追うのはおもかげ堂のきょうだいではない。二人がつくり、息吹をこめたからくり人形だ。

　命をもたないはずのからくり人形が悪しきものの臭いを追う。そんなにわかには信じがたい芸当ができるのは、人形をつくったおもかげ堂の二人の血筋に由来する。

　磯松と玖美は、木地師の家系だった。

　当代の木地師は木彫りの椀や盆などをつくる職人を指す。次兄の真次がまさにその修業中だ。

　しかし、その歴史は古い。かつては本来の職能に加えて、特異な能力を発揮する者もいた。おもかげ堂の二人は、その特異な血を色濃く引いていた。

　神宿る木を探し、人形をつくって息吹をこめる。そうすれば、不思議や、からくり人形はかたかたと動き、悪人どもの臭跡を追いはじめるのだ。

　江戸広しといえども、そんな芸当を使えるのは、おもかげ堂のきょうだいだけだった。

「だいぶ力を使ったので、わん屋さんのお料理をいただいて気をよみがえらせようかと思いまして」

　おもかげ堂のあるじが言った。

そう言われてみれば、以前にもまして色が白く、やつれているように見える。

「承知しました。今日はいい桜鯛が入っていますので」

真造は笑みを浮かべた。

「そりゃいいな」

大河内同心がまず言った。

お通しの薇（ぜんまい）と油揚げの煮物に続いて、桜鯛の刺身をまず出した。続いて焼き物にかかる。

「まあ、一杯」

千之助が同心に酒をついだ。

おもかげ堂の二人も、その遠縁にあたる千之助も下戸だから、呑むのは大河内同心だけだ。

「いらっしゃいまし。ご無沙汰で」

しばらく座敷の大工衆の相手をしていたおみねが戻ってきてあいさつした。

「ご無沙汰しておりました」

玖美が笑みを浮かべた。

「ちょっとおやせになりましたか？」

おみねが問う。

「ええ。こちらのお料理をいただいて、気を取り戻そうと思いまして」

玖美が答えた。

「働いてくれたからよ」

同心が仔細（しさい）を伏せて告げた。

「おもかげ堂の料理は、食ってもうまかねえからな」

千之助が言った。

「かじることはできますが」

磯松が苦笑いを浮かべる。

「では、味のしみた野菜などもお出ししますので」

手を動かしながら、真造が言った。

「お願いいたします」

玖美の整った顔に笑みが浮かんだ。

おもかげ堂のきょうだいの異能は、からくり人形ばかりにとどまらなかった。

その名も「おもかげ料理」という、余人には使うことができない技を駆使することもできる。

大根、人参、蕪(かぶ)、甘藷(かんしょ)といった野菜を小刀や鑿(のみ)などで巧みに刻み、縁起物の鶴や亀などのかたちを表して料理に華を添える。むきものと称せられるこの技を会得している料理人はあまたいる。

おもかげ堂の二人が行う作業も、途中まではむきものと同じだ。人物を彫ったり、景色を演出したりする。

しかし、そこからが違う。

からくり人形に息吹をこめるのと同じく、おもかげ料理にも目に見えない力が与えられる。

おもかげ料理で再現されるのは、故人との思い出の場面だ。蠟燭(ろうそく)の炎に照らしだされたその場面を心静かにながめているうち、ふっとその炎がゆらぎ、場面が生き生きと動きはじめる。

そればかりではない。心静かに故人を偲(しの)べば、在りし日のことがまざまざと浮かび、料理の味もまた水のごとくに心へと流れこんでくる。

さりながら、ひとたび醒(さ)めれば、それは味のない細工物の野菜にすぎない。

「おもかげ料理は精をしぼるからな。わん屋の料理で身を養ってくんな」

大河内同心が気遣って言った。

そう言うところをみると、だれかにおもかげ料理がふるまわれたらしい。この秘技のためには相当の力を使わねばならないから、むやみに引き受けることはない。故人、ときには殺められた者のおもかげを立ち現わせ、咎事（とがごと）を解決に導いたりするここぞというときにしかつくることはない。まさに秘中の秘の料理だ。

「はい。かたちはもう当分いいので、味を」

磯松がそう言って、お茶を啜った。

ほどなく、桜鯛の木の芽焼きができた。

脂ののった桜鯛の身を漬け醤油に漬ける。細かく刻んだ木の芽もまぜ、いい按配に漬かったところで金串を打ち、刷毛で漬け汁を塗っては乾かしながら焼きあげていく。

「おお、こりゃ香ばしいな」

大河内同心が笑みを浮かべた。

「ほんと、おいしい」

玖美の顔もほころぶ。

「鯛飯と潮汁（うしおじる）もできますが」

真造が水を向けた。

「おう、みなくんな」

同心がすぐさま言った。

「野菜の煮物はそろそろ頃合いでしょう」

おみねが真造に言った。

「そうだな。まずそちらを」

真造はてきぱきと動き、黒い椀に煮物を盛った。

人参と大根と里芋と油揚げ。ただそれだけのありふれた煮物だが、単純な料理ほどつくり手の心が出る。食せばほっこりとするやさしい味だ。

「おいしいね。ことに里芋が」

磯松が妹に言った。

「おもかげ料理じゃ使わないから」

玖美が笑みを浮かべた。

「そりゃ、里芋はすべるからよ。むきものにゃ向かねえや」

千之助がそう言って笑った。

「なんだか身の力が戻ってきたような気がします」

濃紺の作務衣をまとった磯松はそう言うと、両手をゆっくりと挙げた。

「お顔色が良くなりましたよ」

と、おみね。

「わん屋へ連れてきた甲斐があったな」

大河内同心が白い歯を見せた。

四

花が散って葉桜になり、初鰹(はつがつお)の値もだんだんに落ち着いて、わん屋の料理にも使われるようになった。職人衆や棒手振(ぼてふ)りたちも中食の膳を食べにくる見世だから、むやみに値の張るものは出さない。

「こうやって鰹のたたきをたくさん食べられるようになったと思ったら、もう月末には川開きだね。早いもんだ」

舌鼓を打ちながら、隠居の七兵衛が言った。

「わん屋さんのたたきは梅肉だれがおいしゅうございますから」

手代の巳之吉が笑みを浮かべる。

「あぶり加減が絶妙だからね。鰹がとろっとしてる。これなら江戸のどこへ出しても大丈夫だよ」

塗物問屋の隠居が太鼓判を捺した。

「ありがたく存じます。……こちらにも」

真造は次の丸皿を出した。

「おう、来た来た」

「よだれがたれそうだ」

そう言って受け取ったのは、おちさの兄の富松と、竹の弁当箱を納めている職人の丑之助だった。

富松は箸、丑之助は器。つくるものは違えども同じ竹を扱う職人だ。長屋も同じだし、よろずに気が合う。

「川開きの季になれば、暑気払いのそうめんがうまくなるね」

七兵衛が言った。

「そうそう。竹を切ってくりぬいた器に……って、ここじゃ無理か」

富松が言った。

「うちはわん屋だから、お兄ちゃん」

座敷の給仕から戻ってきたおちさが笑みを浮かべた。

「なら、竹をまげて円いかたちにすればいいよ」

と、七兵衛。

「軽く言わないでくださいよ、ご隠居さん」

竹細工の職人の丑之助が言った。

「網代編みでつくっても、そうめんだと水気がもれるからな」

富松が言う。

「ぎやまんの器はどうかしら」

おちさに続いて戻ってきたおみねが、ふと思いついたように言った。

「ああ、そうめんを盛るには円いぎやまんの器が涼しげでいいかもしれないな」

真造が乗り気で言った。

「瀬戸物に続いて、またまたあきないがたきかい?」

大黒屋の隠居が戯れ言めかして言った。

「そのうち、あるかぎりの円い器を集めたらどうですかい」

富松が水を向ける。

「なるほど。どんな器でもわん屋にはそろっていると」

真造がすぐさま答えた。

「それよりは、どんなお料理でも出せるほうがいいわねえ」

おみねが手綱を締めたから、わん屋の一枚板の席に和気が漂った。

そのとき……。

ばたばたと足音が響き、一人の娘があわただしく入ってきた。

的屋の看板娘のおまきだった。

「まあ、どうしたの？」

おみねが問う。

「大磯のお客さんが、いまうちに着かれたんです」

おまきは息せき切って告げた。

「大磯のお客さんと言うと……」

おみねが髷に手をやる。

「弁当をおつくりした茶見世の？」

真造が問うた。

的屋の看板娘は、一つうなずいてから答えた。

「はい。お弁当箱を返しに来られたんです」

第七章　返ってきた弁当箱

一

「明日、べつの御開帳を見て、あさって大磯に帰ります」

茶見世のあるじの磯吉が言った。

「さようですか。では、このたびは手前どもへの出前はなしということでよろしゅうございますね？」

あるじの大造が訊く。

「もちろんです。一人で出てきていますので」

案内された部屋でそう答えると、磯吉は出された茶を少し啜った。

「お見世はどうされてるんです？」

おかみのおさだがたずねた。

「まだ子が小さいので、女房の幼なじみが手伝ってくれてます」

大磯の茶見世のあるじは答えた。

「さようですか。お父さまはお達者で？」

おかみはなおもたずねた。

磯吉はひと息入れ、また茶を呑んでから答えた。

「桜が咲きだしたころに亡くなりまして、このあいだ四十九日の法要が終わったところです」

「まあ、それは」

どこか諦念したような面持ちで告げる。

的屋のおかみの表情が曇った。

「ご愁傷様でございます」

あるじが頭を下げた。

「いえ、大往生でございましたから」

磯吉は笑みを浮かべて答えた。

「それは、せめてものことで」

おさだが言う。

「苦しむこともなく、安らかな死に顔でした」

磯吉は伝えた。

「お越しいただいたときのお顔が目に浮かびます」

大造が瞬き（まばたき）をした。

「思い出深い三十年ぶりの御開帳で江戸へ来ることができて、さぞや父も本望だったでしょう。その父が亡くなったことを知らせがてら、わん屋さんへ弁当箱を返しにまいった次第で」

磯吉が言った。

「では、これからいらっしゃるおつもりですか？」

おかみがたずねた。

「ええ、そうします」

磯吉はそう言うと、残りの茶を呑み干し、荷のほうへ手を伸ばした。

中から竹の弁当箱を取り出す。

「お父さまのお弁当箱ですね？」

大造が目をしばたたかせた。

「さようで。浅蜊飯の俵結びをいくつか残して、おっかさんの墓へ供えてました。

そのあとも、『これに飯を盛ってくれ』と言って、亡くなるまで枕元に置いていました。もう物がのどを通らなくなっても、じっと竹の編み目を見たりして」

磯吉は感慨深げに弁当箱を見た。

「さようですか。それなら、形見のようなものですね」

おかみがうなずく。

「ええ。少々寂しい心持ちもありましたが、妹とも相談して、やはりお返ししようと。あと二つ、わたしと妹の分の弁当箱はお代に入っていたので」

磯吉はそう言うと、蓋付きの弁当箱を手にして立ち上がった。

「では、わん屋さんでごゆっくり」

おかみが声をかけた。

「出前と弁当だけで、見世でいただくのは初めてなので、楽しみにしてきました」

磯吉は笑みを浮かべて答えた。

二

「……そうですかい。そりゃ、職人冥利に尽きます」

竹の弁当箱をつくった丑之助がしみじみと言った。

磯吉がわん屋を訪れ、父の卯三郎が亡くなったことを伝え、弁当箱を返していま一枚板の席に座ったところだ。

「ちょっと貸してくれるかな」

隠居の七兵衛が手を伸ばした。

「どうぞ」

丑之助が塗物問屋の隠居に弁当箱を渡した。

「まだ使いこんだという色合いじゃないけれど、風格の衣が一枚加わってるように見えるね」

ためつすがめつしながら、七兵衛は言った。

「なるほど、風格の衣が」

手代の巳之吉がうなずく。

「箸だってそうだよ。使いこめば使いこむほどに風格が出てくる」

竹箸づくりの富松が言った。

「三十年ぶりの御開帳を見て、こちらのおいしい料理をいただいて、父も本望だったと思いまさ」

大磯の茶見世のあるじはそう言って、猪口につがれた酒を呑み干した。

ここで次の料理が出た。

「あいにく今日は浅蜊が入っていませんので」

真造がそう断ってから出したのは、新生姜の炊きこみご飯だった。

さわやかな新生姜に、炊きこみご飯の名脇役の油揚げ。

具はこれだけの簡素な料理だが、これがまた箸が止まらぬほどうまい。枝豆などを加えても美味だ。

「……うめえ」

磯吉はうなった。

「うまいね」

隠居も和す。

「わざわざ返しに来ていただいたこのお弁当箱に、またおいしい料理を盛ってお出しますので」

　真造が白い歯を見せた。

「どうかよしなに」

　磯吉も笑みを返した。

　その後も肴は次々に出た。

　蓼酢で食す鮎の背越し、磯吉の妹が練り物屋に嫁いでいることから思いついた蒲鉾の天麩羅、揚げ出し豆腐、味醂を刷毛で塗って香ばしく焼きあげてたっぷりの大根おろしを添えた干物など、どれも奇をてらった料理ではないが、つくり手のあたたかい心が伝わってくるような品ばかりだった。

「江戸の味を堪能させていただきました」

　いくらか赤くなった顔で、磯吉は言った。

「いつまで江戸にいらっしゃるんですか？」

　おみねがたずねた。

「あさって大磯へ帰ります」

　磯吉が答える。

「なら、帰りもおいらがつくった弁当箱で」

丑之助が戯れ言めかして言った。

「うーん、それは……」

磯吉があいまいな顔つきになる。

「いつまで経っても弁当箱を返せねえや」

富松が白い歯を見せた。

「竹の皮に包んだおにぎりでしたら、おつくりできますが」

真造が水を向けた。

値の張る竹編みの弁当箱だけではとおみねと相談し、おにぎりに香の物を添えた簡便なものも出せるようにしていた。具は浅蜊や海苔の佃煮（つくだに）や梅干しなどで、なかなかに好評を博している。

「ああ、それならいただきますよ」

茶見世のあるじは笑みを浮かべた。

かくして、段取りが整った。

三

翌日、磯吉は御開帳に出かけた。

まだ時があったし、そう離れてもいなかったから、みなで行った大乗寺にも立ち寄ることにした。

三十年ぶりの御開帳を終えた寺は、あのときの人出が嘘のように閑散としていた。父と妹とともにお参りした寺に、磯吉は一人でお参りした。

むろん、本堂に入ることはできない。前に置かれた賽銭箱に多めの銭を投じ入れ、磯吉は父が浄土で安楽に過ごせるようにと祈った。

そればかりではない。子が無事に育つように、茶見世が繁盛するように、大磯で火事や高波などの災いが起きないように、祈ることはたんとあった。

大乗寺を出た磯吉は門前の蕎麦をたぐったあと、人から聞いてきた団子の名店を回った。こうして地道に舌だめしをしておけば、のちのあきないに役立つ。

ことに気に入ったのは、ある見世で食した餡団子だった。あまりにも甘ったるい餡団子は好みではないので見世でも出していなかったのだが、その見世の餡はむやみに甘くなく、うまさだけが妙にあとを引いた。

思い切ってつくり方をたずねてみたところ、人のいいあるじは快く勘どころを教えてくれた。磯吉はいくたびも礼を言って銭を多めにはずんだ。

翌る日、磯吉はまだ朝のうちに支度を整えて的屋を出た。

「またのお越しをお待ちいたしております」

おかみのおさだがにこやかに言った。

「世話になりました。いずれ、子が大きくなったらまたみなで江戸見物にまいります」

大磯の茶見世のあるじは笑顔で答えた。

「それまでにつぶれないように気張ってやりますので」

的屋のあるじが言う。

「跡取りさんも娘さんもいらっしゃるから、それは大丈夫でしょう」

見送りに出てきた大助とおまきのほうを手で示して、磯吉は言った。

「では、くれぐれもお気をつけて」

おさだが笑みを浮かべる。

「ありがたく存じます。では、わん屋さんに寄ってから大磯へ帰りますので」

磯吉はていねいに頭を下げた。

「お気をつけて」

「またのお越しを」

大助とおまきがいい声を響かせた。


的屋を出た磯吉は、その足でわん屋へ向かった。

中食にはまだ間があるため、むろんのれんは出ていない。それでも人が立ち働く気配はあった。

「ああ、お待ちしておりました」

おみねが明るい声で言った。

昨日から頼まれていたから、すでにおにぎりの支度はできていた。

「このたびは、お返しには及びませんので」

真造が竹の皮に包んだおにぎりを手渡した。

「ありがたく存じます」

磯吉が受け取った。

「何が入っているかは、召し上がってのお楽しみということで」

おみねが笑みを浮かべた。

「さようですか。道中の楽しみが増えました」

磯吉も笑って答えた。

「では、お気をつけて」

「またお越しくださいまし」

二人の声に送られて、磯吉はわん屋を出た。

大磯の茶見世のあるじがやや遅い昼にしたのは、立会川（たちあいがわ）の近辺だった。

小さな神社の岩に腰かけ、おにぎりを取り出す。

そのかたちを見るなり、磯吉は笑みを浮かべた。

三角のほうがつくりやすいだろうに、わん屋のおにぎりは円いかたちをしていた。円いものにどこまでもこだわりがあるようだ。

三つのおにぎりの一つを手に取り、口に運ぶ。

「ん?」

磯吉の顔つきが変わった。

味わうにつれて、感慨深げな表情になっていく。

おにぎりの具は、浅蜊の佃煮だった。

嚙めば嚙むほどに味わいが増す。具がまた飯と響き合って、いちだんとうまさが引き立つ。

「うめえな」

磯吉は独りごちた。

二つ目を手に取り、青い空にかざす。

「おとっつぁんも食いな」

天に向かって言うと、磯吉は二つ目のおにぎりを口中に運んだ。

四

それからいくらか経った。

川開きが近づいた頃合いに、柿崎隼人が道場仲間とともにわん屋ののれんをくぐってきた。

「明日、弁当を五人分つくってもらえまいか。どうやら天気は良さそうだし、また野稽古で」

剣術指南の浪人が木刀を振るしぐさをした。

「承知しました。何かご所望の料理がございましたら」

　真造が訊く。

「汗をかくのでな、塩むすびの塩をきつめで頼む」

　隼人が答えた。

「ここの梅干しはうまいからな。いくら汗をかいても平気だ」

　連れの武家が言った。

「承知しました。料理のほうは何か」

　真造はなおもたずねた。

「玉子焼きはぜひとも欲しいところだな。あとはできるものでいいぞ」

　隼人は答えた。

「何が入っていてもうまいからな、わん屋の弁当は」

　連れの武家がうまいことを言った。

　こうして段取りが整い、五人分の弁当をこしらえることになった。

　竹の弁当箱の一つは、大磯から返ってきたものを使った。わん屋に戻ってきたからには使わない手はない。

　柿崎隼人が姿を現したのは、野稽古の翌日のことだった。かなり草深いところまで出向くので、弁当箱の返しは初めから翌日ということになっていた。

「弁当はうまかったが……」

袋に入れた器を返す隼人は、いくらかあいまいな顔つきをしていた。

わん屋は二幕目に入っており、一枚板の席には次兄の真次と親方の太平が陣取っていた。朝早くから椀づくりに精を出し、ひと息ついたところだ。

「ちょいと異なことがあってな」

隼人は首をひねった。

「異なことと申しますと？」

真造が訊く。

「なに、弁当とは関わりはないと思うが、妙な夢を見たものでな」

と、隼人。

「とおっしゃいますと？」

おみねが訊く。

「おれは海鳥が舞う磯辺の町にいた。その街道筋で、見たこともない女と一緒に団子をつくっているのだ。これがまた、妙に真に迫った夢でな。草団子の色合いまでくっきりとしていた」

武家の言葉を聞いて、真造とおみねは思わず顔を見合わせた。

「それは……大磯ではなかったでしょうか」

真造はおずおずと問うた。

「さあ、分からぬ。大磯へは行ったことがないのだ。京へ旅したことはあるが、善光寺(ぜんこうじ)参りなどを兼ねて中山道(なかせんどう)を使ったからな」

隼人はそう答えた。

「何か思い当たることがあるのかい」

椀づくりの親方が真造にたずねた。

「ええ。竹の弁当箱には、それにまつわる話が」

「大磯から見えたお客さまにお出ししたんです」

わん屋の二人は、かいつまんで仔細を伝えた。

「そういえば……おのれがおのれでないかのような妙な感じだったな」

隼人が思い返して言った。

「柿崎さまが召し上がったのは、大磯の卯三郎さんが使っていた弁当箱だったのかもしれませんね」

真造が言った。

「ふしぎなこともあったもんだな」

親方の太平があごに手をやった。

「その弁当箱はもう使わないほうがいいぞ、真造」

真次が言う。

「うん、わたしもそう思う」

おみねもすぐさま言った。

「またおれみたいな目に遭う客が出るかもしれぬからな」

隼人が苦笑いを浮かべた。

「相済まないことで」

「印をつけて、使わないようにいたしますので」

わん屋の二人はていねいに頭を下げた。

五

「ふしぎなこともあったもんだな」

大河内同心がそう言って、鱚（きす）の天麩羅をさくっと嚙んだ。

わん屋の夫婦から、柿崎隼人の弁当箱の件を聞いたところだ。

「おぬしの出番ではないのか」

黒紋付きがよく似合う男が言った。

上司の海津力三郎（かいづりきさぶろう）与力だ。大河内同心と同じく、こちらも折にふれて隠密仕事に携わっている。

こみいった捕り物の話なら小上がりの座敷の仕切りのあるところで声をひそめて行うところだが、今日はそうではない。わん屋の料理を味わうために来ただけだから、一枚板の席だ。

「いやいや、ふしぎなことを一手に引き受けているわけではないので」

大河内同心はいなすように軽く手を振った。

「おぬしが引き受けておらずとも、ふしぎなことが集まってくるではないか」

海津与力はそう言うと、好物の竹輪の磯辺揚げを天つゆにつけてわしっと嚙んだ。

なかなかの健啖（けんたん）ぶりで、ことに揚げ物に目がない。このところいくらかせり出してきた腹が気になるらしく、「これだけ食ったらまた素振り百本だな」などと言いながらもせっせと箸を動かしている。

「まあ、たしかに、人も集まってきますな」

大河内同心はそう認めた。

「おもかげ堂とかな」

海津与力は渋く笑うと、また次の磯辺揚げに箸を伸ばした。

好きなものはわしわしと食すが、存外に好き嫌いのある御仁だ。ことに、目の付いている魚が苦手で、「こっちをにらんでやがるような気がする」と妙に気の小さいことを言って食べようとしない。ちりめんじゃこまで箸を付けないという念の入れようだ。

魚からできているとはいえ、かたちが遠い練り物なら心安んじて食すことができる。見た目が美しい刺身も好物だ。そのあたりを思案に入れて、わん屋では与力に料理を供していた。

「ああ、それなら……」

大河内同心は猪口を置いてから続けた。

「その弁当箱をおもかげ堂へ持って行って見てもらったらどうだ。竹と木は違うが、あいつらの見る目はたしかだからな」

同心はそう水を向けた。

「もし悪しき気が宿っているのなら、兄者(あにじゃ)の神社で祓ってもらえばいい」

海津与力も知恵を出した。

「なるほど、それはいいかもしれませんね」

真造がすぐさま言った。

「じゃあ、次のお休みの日にさっそく行きましょうか」

おみねが乗り気で言った。

「そうだな。おもかげ堂さんには行ってみたかったんだ」

「よし決まった。海老も揚げてくんな」

真造は笑みを浮かべた。

軽く身ぶりをまじえて、大河内同心が言った。

「おれは甘藷を頼む。濃いめの色でな」

海津与力が細かな注文をつけた。

「承知しました」

わん屋のあるじがいい声で答えた。

第八章　思いの器

一

本郷竹町の目立たない一角に、地味なのれんが出ている。

日が陰ると黒に見える濃い緑ののれんには何も記されていない。そのせいで、そこに見世があると気づかず、前を素通りしてしまう者も多かった。

「ここかしら」

おみねが指さした。

「そうかもしれない」

真造が言った。

今日は小間物屋のように大きな風呂敷包みを背負っている。そのなかには例の竹の弁当箱が入っていた。

恐る恐る近づき、のれんを分けて中に入ると、人形と見まがうほど色が白い玖美の顔が見えた。

「あら、わん屋さん」

玖美が驚いたような顔つきになった。

「だしぬけに訪ねてまいりまして」

真造が頭を下げた。

「ちょっと見ていただきたいものがございましたので。……これはお口に合いますかどうか」

おみねが笑みを浮かべて手土産を渡した。

同じ町内の名店、伊賀風月堂(ふうげつどう)の香ばしい堅焼きせんべいだ。

「恐れ入ります。いま兄を呼んでまいりますので」

手土産を受け取った玖美は一礼すると、あわただしく奥へ向かった。

ややあって、磯松が手を拭きながら出てきた。

「お待たせいたしました。ようこそのお越しで」

磯松が言う。

「お仕事中にお邪魔いたしまして」

真造がまた頭を下げる。

「いえいえ、人形はすぐできるものではございませんので」

おもかげ堂のあるじは言った。

どうやら新たなからくり人形をつくっているらしい。未完成の人形は見せられないが、棚に並べられているものならいくらでもごらんくださいということだった。

座敷に通されたわん屋の二人は、いのちあるもののごとくに動くからくり人形の動きに目を瞠った。

「息吹がこもっていますね」

真造が瞬きをした。

「はい。ただかたちをこしらえるだけの人形も取り扱っておりますが、からくり人形、ことに、隠密仕事に携わる特別な人形には、息吹をこめることがどうしても肝要になってきます」

磯松は引き締まった顔つきで言った。

鼻筋の通り方は、おのれの手でつくった人形かと見まがうほどだ。

「その息吹とも一脈通じるかもしれないのですが……」

おみねはそこで真造のほうを見た。

頃合いと見た真造は風呂敷を解き、中から竹の弁当箱を取り出した。

「見ていただきたいものは、これなんです」

真造はそう言うと、いきさつをかいつまんで告げた。おみねも要領よく言葉を添えたので、おもかげ堂の二人はすぐさま話を呑みこんだ。

「拝見します」

磯松は竹の弁当箱を手に取ると、いくたびもためつすがめつした。

「どう？　兄さん」

玖美が訊く。

「竹の色合いが違って見えるな」

磯松は答えた。

もう一度斜めから見てうなずく。

「そうすると、やはり大磯のお客さんの思いがこもっていると？」

真造がいくらか身を乗り出した。

「ちょっと試してみましょう」

磯松はそう答え、弁当箱を座敷の上に置いた。

それから、少し思案したあと、からくり人形を三体、棚から運んできて「弁当箱の近くに置いた。

「まあ……」

おみねは目を瞠った。

見たところ、何もねじを巻いたりしたふしはなかったのに、ほどなく人形たちが動きだしたのだ。

派手やかな動きではない。瞬きをしたり、首をかしげたり、少し動いて止まったり、地味なしぐさばかりだが、みなたしかにおのれの意思で動いたように見えた。

「いかがでしょう」

真造は問うた。

「悪しき気配は感じていないようです」

おもかげ堂のあるじは答えた。

ややあって人形たちの動きが止まり、また静かになった。

「では、浄めたり祓ったりする必要はないと？」

真造はさらにたずねた。

「そこまでは分かりかねます。ただ、人形たちの動きを見ますと、悪しき気がこもっているものではないと存じます」

磯松は慎重に言葉を選んで答えた。

「ご長兄が神社の神主さまなのですから、念のためにそちらにも見ていただいたらいかがでしょうか」

玖美が水を向けた。

「わたしもそう思っていたところです」

おみねが笑みを浮かべた。

「分かりました。これから長兄の神社をたずねてみることにいたしましょう」

真造はそう言って、竹の弁当箱に手を伸ばした。

「あまりお役に立ちませんで」

おもかげ堂のあるじが言った。

「いいえ、充分でございます」

「見ていただいて助かりました」

「お仕事中のところ、ありがたく存じました」

丁重に礼を述べ、おもかげ堂をあとにしたわん屋の夫婦は、西ヶ原村の依那古神社へ向かった。

二

宮司の真斎は不在だった。

真っ白い神馬の浄雪(じょうせつ)は朝夕の引き運動を行う。おとなしい馬だから真沙でも御すことができるが、今日は真斎が手綱を引いて出かけたらしい。馬を引いて歩いているとき、村人から声をかけられることも多い。

抜けるように白い馬が緑多きのどかな村を闊歩(かっぽ)するさまは絵になる。

末妹の真沙は祝詞の稽古をしていた。大祓詞(おおはらいのことば)はなんとかつかえずにできたが、いささか舌が短く、ときおり妙な発音になってしまうのはご愛敬(あいきょう)だった。

そのうち、真斎が戻ってきた。わん屋の夫婦が仔細を伝えたところ、おもかげ堂とはまた違ったかたちで、戻ってきた弁当箱を検分してもらえることになった。

ご神体の古き火打ち石の前に鏡を吊(つる)し、さらにその前に竹の弁当箱を置く。

真斎は気を入れて祝詞を唱えた。真造とおみねも本殿に座って両手を合わせる。

今日は帰りが遅くなりそうだが、それを見越して朝から大豆を水につけてきた。

明日の中食は大豆の炊きこみご飯で、朝獲れ(あさど)の魚を顔にする腹づもりだ。

ふるへ　ゆらゆらと　ふるへ……

長く尾を曳(ひ)く祝詞が終わった。

真斎はじっと鏡を見据えた。

弟子の空斎と妹の真沙も、いくらか離れたところから固唾(かたず)を呑んで見守っている。

やがて、ふっと一つ、真斎は息をついた。

「どうだい、兄さん」

真造が身を乗り出してたずねた。

「器に盛られるものは、料理だけではないかもしれないな」

真斎はそんな返事をした。

「……思い、も盛られるわけだね」

小考してから、真造は答えた。

「そうだ。あるいは、亡き人のたましいのごときものも」

依那古神社の宮司は言った。

「そうすると、大磯の卯三郎さんの……」

おみねは真造の顔を見た。

わん屋のあるじがうなずく。

「この器に亡き妻との思い出の料理を盛り、墓にお供えもしていた。そういったもろもろの思いが、うっすらと鏡にも立ち現れている」

真斎は鏡を指さした。

「なるほど、思いが」

真造はまたうなずいた。

「器冥利に尽きるかもしれないな」

真斎は渋い笑みを浮かべてから続けた。

「もともと円いものは、たましいを封じこめる結界として最上の力を有する。ことに、匠の秀でた技でこの世に生み出された器だ。ほかのものよりもたましいが籠もりやすい」

そこはかとなく身ぶりをまじえて、古さびた社の宮司は伝えた。

「では、この器は使わないほうがよろしいですね？」

おみねが問うた。

「また妙な夢を見るお客さんが出てしまいそうだからな」

真造も言う。

「そのほうがいいだろう。できることなら、大磯へ返して、供え物の器として使うのがいちばんだ」

真斎はそう助言した
わん屋の二人は思わず顔を見合わせた。

大磯まで返しに行くとすれば、見世をしばらく休まなければならない。

「いずれそうするよ、兄さん」

真造は肚(はら)を決めたように言った。

三

「なるほど、兄さんの見立てなら間違いはないな」

次兄の真次はそう言うと、いい音を立ててそうめんを啜った。

今日も椀づくりの親方の太平と一緒だ。弟子の大五郎も来ている。

あっという間に川開きがやってきて、暑気払いのそうめんが口恋しい季になった。椀づくりの職人衆はみないい音を立てて啜っている。

「お盆を休んで、大磯まで出かけようかと」

おみねが言った。

「おう、そりゃいいな」

太平はそう言って、薬味を添えてそうめんを口に運んだ。

刻んだ葱と茗荷(みょうが)に、おろし生姜。薬味はそれだけでいい。

「大磯は海のはただだから、魚がうまいでしょうね」

食い意地の張った大五郎が言った。

「古くからの宿場町だから、おいしいものも食べられるでしょう」

おみねが笑みを浮かべた。

「しばらく休んでも、客が離れることはないだろうから」

真次がそう言って、またいい音を響かせた。

そうめんを盛っているのは、職人衆の手になる大椀だ。汁がこぼれないように深めにくりぬかねばならないから手間はかかるが、その分、木目も美しく出る。

ここで次の肴が出た。

烏賊（いか）の揚げびたしだ。

烏賊をさくっと揚げ、つけ汁に四半刻（しはんとき）（約三十分）ほどつけておく。揚げすぎると硬くなってしまうから、斜めに庖丁を細かく入れてさっと油通しをする感じで揚げるのが骨法だ。料理人の技も味わうような料理を、瀬戸物の円皿に盛って出す。

「器もいい風合いじゃねえか」

太平がまずそこをほめた。

「瀬戸物問屋の美濃屋さんから仕入れた品で」

おみねが伝えた。

「ああ、烏賊がやわらかくてうめえ」

大五郎がまず食して言った。

「酢の加減がいい按配だな」

真次も続く。

「鰆でもうまいんだ、兄さん」

真造が言った。

「こういった味をお客さんは忘れないから、しばらく見世を閉めたって平気だ」

真次が太鼓判を捺した。

「そうそう。料理だけじゃなく、どの器にも気がこもってるからな」

椀づくりの親方も言った。

「世の中が円くなるようにという願いをこめてお出ししていますので」

おみねが手つきをまじえて言う。

「なんだか、ここも神社みたいだな」

真次がそう言ったから、わん屋にふわっとした気が漂った。

四

塗物に木の椀に瀬戸物、とりどりの器がそろうわん屋に、また新たな顔が加わった。

ぎやまんの器だ。

ぎやまんや唐物（からもの）を扱う千鳥屋幸之助（ちどりやこうのすけ）から初めて仕入れた品で、見世の名にちなんで涼やかな千鳥格子が刻まれている。

「またあきないがたきを紹介したりして、せがれに叱られるよ」

そう言って笑みを浮かべたのは、大黒屋の隠居の七兵衛だった。

「ありがたいかぎりでございます」

千鳥屋幸之助が頭を下げた。

大山詣での講でたまたま知り合った七兵衛が、「円い器しか使わない風変わりな見世がある」とわん屋を紹介した。あきない熱心な千鳥屋はさっそく足を運び、扱っているぎやまんの器を見せた。

どの品もたしかな造りで、料理を盛れば映えそうだ。わん屋の二人はひと目で気に入り、千鳥屋から器を仕入れることにした。

「中食の膳に出すにはいくらか重すぎるかね」

七兵衛はそう言って、ぎやまんの器に盛られたそうめんをたぐった。

「軽さでは塗椀にかないませんし、落とすと割れてしまうのがぎやまんの弱みでございまして」

幸之助が苦笑いを浮かべる。

「大事に取り扱わないといけませんね、おかみさん」

おちさがおみねに言った。

「両手でしっかり持たないと」

おみねが身ぶりをまじえた。

「このたびは、ただそうめんを盛っただけですが、具をのせて汁をかけてもいいかもしれませんね」

真造が手を動かしながら言った。

「それも涼やかでよろしゅうございましょう」

千鳥屋のあるじが笑みを浮かべた。

「どんな具が良うございましょうねえ、旦那さま」

お付きの手代の善造（ぜんぞう）が問うた。

目のくりくりした利発そうな若者だ。

「見栄えがいいのは錦糸玉子に細切りの胡瓜、甘辛く煮た椎茸に貝割れ菜、紅生姜も添えればなおのこと華やかだね」

幸之助はよどみなく答えた。

「次々に出るねえ、千鳥屋さん」

と、七兵衛。

「食い意地が張っているほうですから」

ぎやまん唐物問屋のあるじが笑った。

のれんを出しているのは街道筋の金杉橋で、大名家や豪商も得意先に入っているらしく、なかなかの羽振りのようだ。光沢のある紺色の越後縞縮のいでたちを見ればあきないぶりが分かる。

そうめんのほかに、肴は次々に出た。

浅蜊の酒蒸しに、茄子の揚げ煮。梅肉だれをかけた揚げ出し豆腐。どれも奇をてらわないまっすぐな料理だ。

「こういったあたたかい料理は、ほかの器が合いますね」

千鳥屋のあるじが言った。

「次はぎやまんの小鉢を使いますので」

真造がすかさず言った。

「いや、お気遣いなく」

幸之助が軽く右手を挙げた。

「浅蜊の酒蒸しは、美濃屋さんの瀬戸物が合うね」

七兵衛が言った。

「ほんに、赤い唐草模様が華やかで」

おみねが言う。

「いろいろな器でいただくと学びになります」

千鳥屋のあるじは引き締まった顔つきになった。

「ほかに、木の椀づくりの職人や、竹の弁当箱づくりの職人、いろんな常連客がわん屋にはいるんだよ」

塗物問屋の隠居が言った。

「みな円い器をつくってらっしゃるんですね？」

と、幸之助。

「角張ったものや細長いものは、いくら品が良くて安くたって、ここじゃ取ってくれないからね」

七兵衛は指を下に向けた。

「相済みません」

真造が軽く頭を下げた。

「では、そういった常連さんだけの寄り合いはいかがでしょうか。そうしょっちゅうは寄れないでしょうが、お互いのあきないのためになるような気がいたします」

千鳥屋のあるじが案を出した。

「ああ、それはいいね。いずれ一緒に道具市などを開いたりできるかもしれない」

七兵衛は乗り気で言った。

「いいですね、道具市」

おみねも風を送る。

「手前が気張って売りますよ」

千鳥屋の手代が腕まくりをした。

「負けないようにしないと」

大黒屋の巳之吉も言った。

ほどなく、ぎやまんの小鉢が出た。

蛸と胡瓜の酢の物だ。

酢の物や和え物などはぎやまんの器が合う。

「やはり、中が見えるのがいいね」

七兵衛が器をかざした。

「ぎやまんは光の当たり具合で感じが変わってまいりますから」

と、幸之助。

「塗物も染め分け物などは感じが変わるがね」

七兵衛が言う。

そのあたりから、それぞれの器の違いについての話になり、巡り巡って例の大磯の弁当箱の話題になった。真造とおみねが仔細を伝えると、千鳥屋のあるじはいくたびもうなずきながら熱心に聞いていた。

「ぎやまんの器は洗って拭けば終いですが、なるほど、竹で編んだ器だとそういうふしぎなことが起こるんですね」

幸之助は感に堪えたように言った。

「いや、めったにそんなことは起こらないでしょうが」

真造が言った。

「お盆に大磯へお返しに行こうかと思ってるんです」

おみねが伝える。

「わざわざ大磯へですか」

幸之助は驚いたように言った。

「ええ。思いのこもった器ですから」

と、おみね。

「料理の学びも兼ねて、二人で行ってまいります」

真造は笑顔で告げた。

五

盆が近づいたある日、わん屋の前にこんな貼り紙が出された。

あさってよりしばらくのあひだ
お休みをいただきます
大磯にて舌だめしをして料理の腕をみがいてまゐります
相済みませんがよしなにおねがひいたします
わん屋店主

「おっ、休むのかい」

「中食は明日までだな」

列に並んだなじみの大工衆が口々に言った。

「大磯で舌だめしってことは魚だな」

「練り物もあるぜ」

「それも魚のうちだろうが」

大工衆はかまびすしい。

「竹輪や蒲鉾のつくり方を学んでくるかもしれねえな」

「あのあるじならやりかねねえや」

「竹輪はよく使ってるからよ」

「切ったら円くなるから按配がいいや」

常連客の言うとおりだった。

練り物は折にふれて仕入れている。竹輪は磯辺揚げや天麩羅などもいいが、薄く切って椀種にしても映える。炒め飯の具にしても円いものが散って華やかだ。

蒲鉾も炒め飯の具にいい。平たい鍋を盛大にゆすりながら真造がつくる炒め飯も、わん屋の名物料理の一つだ。

しかし、その日の中食の顔は違った。初めて出す料理だ。

「なんでえ、黄金丼（こがねどん）って」

「そりゃおめえ、小判がざくざく入（へえ）ってるんだ」

「だとしたらありがてえが」

「ただし、食えねえぜ」

見世先で待つ客はそんな調子で首をひねっていた。

「お待ちどおさまでございました」

「ようこそのお越しで」

おみねとおちさが明るい声をかけた。

「いらっしゃいまし」

真造がさっそく手を動かす。

わん屋の店内がにわかに活気に満ちた。

「おっ、たしかに黄金色だな」

「玉子とじの丼か？」

「いや、厚みのあるものが入ってるぞ」

「おお、かき揚げだ」

「凝った料理じゃねえか」

一枚板の席にいち早く陣取った大工衆が声をあげた。

「ただのかき揚げ丼ではいささか芸がないので、あたためた溶き玉子と葱の青いところを回し入れて蓋をしてお出ししています」

　真造が種を明かした。

　蓋を取れば、湯気とともに黄金色の景色が現れる。葱の青みがあるから、黄金がなおさら目にしみる。

　玉子が加わっているので、食せばもっちりとした味わいが伝わる。それでいて、かき揚げのさくっとした嚙み味も残っている。

　かき揚げの上から回しかけただしは、飯にもしみている。それやこれやが一体となって、えも言われぬうまさをかもしだしている。まさに、技ありのひと品だ。

　これに、香の物とひじきと大豆の煮物の小鉢、それに具だくさんの味噌汁がつく。身の養いにもなる、わん屋自慢の中食の膳は、あっと言う間に三十食すべて売り切れた。

　黄金丼から飯を外したものは、二幕目にも出した。これだけでも酒の肴になる。

「それなら、ただの黄金だね」

　そう言って笑ったのは、おなじみの隠居の七兵衛だ。

「縁起が良うございます」

　美濃屋のあるじの正作が和す。

大黒屋の隠居が旗振り役になったわん屋に器を納めている者たちによる寄り合いは、まだみなが一堂に会するまでには至っていないが、少しずつ縁が濃くなっていた。七兵衛と正作はともに歌舞伎が趣味だから、そのあたりの話もするべく、今日はともにわん屋ののれんをくぐってくれた。

「それにしても、円い碗に七福神の絵を入れるのは考えたね」

かき揚げに溶き玉子をのせて蓋をした肴を食しながら、七兵衛が言った。

「縁起物でございますから」

美濃屋のあるじが碗を回す。

瀬戸物には細かい仕事がなされていた。福々しい七福神が描きこまれているのだ。手に取って回してみるだけで心が弾む器だ。

「塗物でもこういったものができないか。できるとしたら、値はどれくらいになるか。まだまだ学んだり思案したりすることはたんとあるね」

七兵衛は言った。

「そういうお考えだから、大旦那さまはいつまでもお若いんですね」

手代の巳之吉が言う。

「おまえも口がうまくなったね」

大黒屋の隠居がそう言ったから、わん屋に笑いがわいた。

「とにかく、何事も学んで試してみることですね」

半ばはお付きの手代に向かって、美濃屋のあるじが言った。

「さようですね、旦那さま」

手代の信太が素直に言う。

「われわれもあさってから、大磯へ学びに行ってまいりますので」

おみねのほうをちらりと見てから、真造が言った。

「それはいいことだよ。見世の上がりが減って、路銀や宿賃もかかるが、旅で学んだことは何よりの宝になるから」

七兵衛がそう言って冷や酒を口に運んだ。

わん屋だから、四角張った枡酒は出さない。小ぶりの円いぐい呑みの碗に、最近はぎやまんの器も加わった。

「このたびは人生の学びの旅にもなりそうです。それから……」

おみねは少し言いよどんでから続けた。

「大磯には子宝を授けてくださる神社もあるそうなので、お参りをしてこようかと」

「そりゃあ、霊験があるといいね」

隠居の目尻にいくつもしわが寄った。

「ええ」

おみねはいくらかほおを染めてうなずいた。

第九章　大磯へ

一

大磯へ向かう前に、わん屋の二人は的屋に立ち寄った。

「いまからお発ちですか？」

おかみのおさだが愛想よくたずねた。

「ええ。しばらく留守にいたしますので、どうぞよしなに」

真造が頭を下げた。

「承知しました。お気をつけて」

と、おかみ。

「大磯のお土産を買ってまいりますので」

おみねが笑顔で言った。

「どうぞお気遣いなく」

　あるじの大造が言う。

「磯吉さんによろしくお伝えくださいまし」

　おさだが言った。

　二度にわたって的屋に泊まっているから、もうすっかり顔なじみだ。

「はい、伝えてまいります」

「では、よろしゅうお願いいたします」

　わん屋の二人はていねいに頭を下げた。

　江戸を出た真造とおみねは、六郷(ろくごう)の渡しを経て川崎(かわさき)宿に着いた。

　遅い中食は名物の奈良茶飯にした。煮豆と豆腐汁がついた膳だが、結構な値を取るわりに味は大したことがなかった。

「これじゃ舌だめしにならないな」

　真造が声を落としてそう言ったほどだ。

「旅はまだ始まったばかりだから」

　おみねがなだめるように言った。

　せっかくだからひと足伸ばし、川崎大師にお参りすることにした。

わん屋が繁盛しますように、火事などの災いが起こりませんように、そして、子宝に恵まれますように……。

真造とおみねはさまざまな願いごとをした。

泊まりは神奈川宿にした。ここで一泊すれば、明日、茶見世が出ているあいだに大磯に着く。

陸ばかりでなく海運でも賑わう神奈川宿だ。旅籠は何軒もある。

どこにするか迷ったが、ちょうど的屋のおまきによく似た娘が呼び込みに来たから、そこに泊まることにした。

内湯があり、二階の部屋から漁火が見える。料理も飯の粒が立っており、味醂干しの焼き加減もちょうど良かった。

わん屋の二人は満足してすべて平らげ、早めに休んで旅の疲れを癒やした。

二

馬入の渡しを越えて平塚宿に入ると、大磯は近い。真造とおみねはいくらか足を速めて先を急いだ。

こんもりとした高麗山を見ながらさらに進み、二つほど坂を上り下りすると、いよいよ行く手に大磯宿が開けてきた。

「どこかで茶見世の場所を訊いたほうがいいかもしれないわね」

おみねが言った。

「街道筋に出しているのなら、見落とすことはないと思うがな」

と、真造。

「分からないわよ。ちょっと入ったところに出てることもあるし」

おみねが小首をかしげる。

「そうだな。なら、古そうな見世で訊いてみよう」

真造は言った。

しばらく歩くと、醤油の焦げるいい香りが漂ってきた。

「お煎餅屋さんみたい」

「いい香りだな」

わん屋の二人は煎餅屋に近づいた。

見世には先客がいた。煎餅の紙袋を手にした女が、おかみと笑顔で話している。

「いらっしゃいまし」

おかみが愛想よく声をかけた。

「なら、また寄らせてもらうんで」

「うん、悪かったわね、お待たせして」

「お茶が楽しみだわ」

「毎度ありがたく存じます」

そんな会話が一段落したところで、真造が控えめに声をかけた。

「大磯の街道筋で、草団子などを出す茶見世を営んでいる磯吉さんという方を訪ねてきたのですが」

「磯吉なら、おいらの幼なじみだ」

あるじとおぼしいねじり鉢巻きの男がそう言って、煎餅を鮮やかな手つきでくるりと裏返した。

「さようですか。どのあたりでしょう」

真造はさらにたずねた。

「ここから街道筋をまっすぐ一町半（百五十メートル強）ほど行きゃあ、左手に見えてくるよ」

あるじは白い歯を見せると、今度は焼きたての煎餅を醤油だれにじゅっとつけた。さらにもう一度焼けば香ばしい仕上がりになるようだ。

「ありがたく存じました。では、お礼に四枚ほどいただけますでしょうか」

おみねは笑顔で言った。

「承知しました。唐辛子を振った辛いのや、青海苔を散らしたものもありますが、いかがいたしましょう」

おかみが如才なく言った。

「黒胡麻もありますぜ」

手を動かしながら、あるじが言った。

「では、一枚ずつ四種で」

真造は指を四本立てた。

「ありがたく存じます」

藤色の子持ち縞の着物をまとったおかみが、笑みを浮かべて紙袋を取り出した。

三

煎餅は宿で食べることにして、まずは茶見世へ行くことにした。早じまいをされたら住まいを探さねばならなくなってしまう。

「あっ、あれかしら」

おみねが行く手を指さした。

街道から少し奥まったところに長床几（ながしょうぎ）が並び、客がちらほらと座っている。

「そうだね。旗が出ている」

真造が言った。

明るい縹色（はなだいろ）の旗に「だんご」と染め抜かれている。目指す磯吉の茶見世はあそこだ。

初めに二人に気づいたのは磯吉ではなかった。乳呑み児を抱いた女だった。

「いらっしゃいまし」

赤子をあやしながら声をかける。

「はい、餡団子とお茶、お待たせいたしました」

聞き憶えのある声が響いた。

茄子紺の前掛けをした磯吉がきびきびと立ち働いている。

そのまなざしが、新たにやってきた客に向けられた。

「あっ、わん屋さん」

磯吉は目をいっぱいに見開いた。

「ど、どうしてここへ？」

驚きを隠せない顔つきで問う。

無理もない。先だって、わざわざ江戸まで弁当箱を返しにいったばかりだ。そのわん屋のあるじとおかみが、たしかにここに立っている。

「ちょっと長い話になるので、まずは団子とお茶をいただきたいと」

真造はそう言って、長床几に腰を下ろした。

「街道筋のお煎餅屋さんに訊いてきたんです。ご主人が幼なじみだとか」

おみねが告げた。

「さようでしたか。煎餅を焼いてる安次郎とは、ちっちゃいころからの遊び仲間で」

やっといくらか落ち着いた表情で磯吉は答えた。

「おいしそうな煎餅を買ってきました」

真造が紙袋をかざした。

「ああ、あいつの焼く煎餅はどれもうまいですよ」

手を動かしながら、磯吉は言った。

ほどなく、団子と茶が出た。

蓬(よもぎ)などの草団子は季外れだから、みたらしと餡の二色(ふたいろ)だ。

「わあ、おいしそう」

たれも餡もたっぷりかかった団子を見て、おみねが歓声をあげた。

「はいはい、よしよし」

磯吉の女房が乳呑み児をあやす。

「大変ですね。お見世をやりながらだと」

おみねが気遣った。

「ええ。なかなかお運びもできなくて」

なおも手を動かしながら、女房が言った。

「ああ、団子がもちっとしていてうまい」

真造が笑みを浮かべた。

「ありがたく存じます。いい粉を使ってますんで」

磯吉が言った。

「いや、ていねいにこねないと、この嚙み味は出ないですよ」

と、真造。

「ほんと、餡もおいしい」

おみねも笑顔で言った。

「あんまり甘すぎねえのがいいやね」

「江戸の団子にも負けてねえや」

旅装の二人の男が声をかけてきた。

「そうですねえ。大磯の名物になるかも」

おみねがうなずく。

「そうなればいいんですけどねえ」

女房が言った。

さらに話が弾んだ。

女房の名はおさえ。乳呑み児は浜吉(はまきち)という名だった。

「磯と浜からつけた名で、芸がねえんですが」

磯吉はそう言って笑った。

「海に縁がある土地ですから、ちょうどいいですよ」

茶を呑みながら、真造が言った。

「おいらもおさえも、縁者には漁師がいくたりかいます。魚がうまいのはありがたいですね」

茶見世のあるじはそう言って笑った。

「毎度ありがたく存じます」

おさえのいい声が響いた。

客が続けざまに腰を上げたのだ。

機は熟した。

真造はおみねにまなざしで告げると、江戸から携えてきた例のものを取り出した。

今は亡き卯三郎が使っていた弁当箱だった。

四

茶のお代わりをしながら、真造とおみねは仔細を伝えていった。

磯吉はいくたびも感慨深げにうなずきながら聞いていた。

「さようですか。そんなことが……」

柿崎隼人が味わったふしぎな体験を真造が告げ終えると、磯吉はのどの奥から絞り出すように言った。

「わたしも初めは半信半疑だったのですが、そういった気のごときものを読む人が客筋におられまして、これを見ていただいたのです」

真造は竹の弁当箱を指さした。

おもかげ堂のきょうだいについてくわしい話をするとさらに長くなるし、そこは伝えることもあるまいと考えて端折ることにした。

「そうすると、おとっつぁんの気がこもっていると……」

磯吉はそう言って、続けざまに瞬きをした。

「ええ。気と言うか、思いですね」

真造は湯呑みを置いて続けた。

「長兄が神社の宮司で、邪気祓いを行っています。そこにも持ちこんで見てもらったのですが、亡き人の思いがこもっているこの弁当箱はお返ししたほうがいいということになりまして」

「さようでしたか……それは大変なご苦労をおかけしてしまって」

磯吉はつらそうな表情になった。

「いえいえ、この機に舌だめしをして、料理人としての幅を広げることにもなろうかと思い立ったものですから」

　真造は言った。

「でも、お見世を休んでまで来ていただいて」

　おさえもすまなそうな面持ちで言う。

「ご常連さんが快く送り出してくださいましたので」

　と、おみね。

「そうそう。旅籠の的屋さんがくれぐれもよしなにと」

　真造が告げた。

「さようですか……この弁当箱も旅続きで」

　磯吉は感慨深げに竹の弁当箱を見た。

「でも、やっと終(つい)の棲家(すみか)に戻れそうですね」

　おみねが笑みを浮かべた。

「なら、そろそろ見世じまいを」

　背に乳呑み児を負うたおさえが言った。

　西の空がだいぶ赤く染まってきた。客もいなくなった。そろそろ終いごろだ。

「そうだな。……わん屋さんはどちらへお泊まりで？」

磯吉がたずねた。

「まだ決めていないんです。どこか料理の舌だめしになる旅籠があればありがたいのですが」

真造は言った。

「それだったら、國吉屋(くによしや)さんはどうかしら」

おさえが水を向けた。

「鰻のおいしい旅籠でもよろしゅうございましょうか」

磯吉が訊く。

「朝はお刺身なども出ると思います。知り合いが仲居をしていますので」

おさえが言葉を添えた。

「それは良さそうですね」

真造は乗り気で言った。

「では、場所を教えていただければ」

と、おみね。

「途中まで同じ道筋ですから、お教えしますよ」

茶見世の後片付けをしながら、磯吉が言った。

「妹さんにもよしなにお伝えくださいな」

　おみねが言った。

「朝のうちに伝えておきます。できれば旅籠に顔を出させますので」

　磯吉はそう言って、旗をきれいに巻いた。

　街道筋に茶見世を出しているが、磯吉の家族の住まいは西小磯(こいそ)村との境のほうだった。そちらのほうの浜には漁師の親族も住んでいるらしい。

　旅籠には首尾よく空きがあった。わん屋の二人はしばらく國吉屋に逗留することになった。

「では、また明日(みょうにち)」

　真造が頭を下げた。

「いろいろとありがたく存じました」

　おみねも一礼する。

「こちらこそ。弁当箱はさっそくおとっつぁんの仏壇の前に置いて、売れ残った団子を供えますんで」

　磯吉はそう言って笑った。

五

「ここへ案内してもらって良かったな」

満足げに言うと、真造は残りの飯を胃の腑に落とした。

「ほんと、こんな食べ方があるのね」

おみねも箸を伸ばす。

國吉屋の夕餉の目玉は、鰻の白焼き重だった。飯に蒲焼きではなく、白焼きがのっている。

一見すると味がついていないようだが、案ずるには及ばない。飯のほうにうまいたれがかかっているのだ。

「山葵（わさび）がまた効いてるよ」

真造が言う。

小ぶりのおろし金で山葵を手ずからおろし、白焼きにのせて食す。ふっくらと焼きあがった鰻と、たれがしみた飯、それに山葵がうまく響き合って、えも言われぬうまさだ。

「お味噌汁がまた上品なお味で」

　と、おみね。

「薄からず濃からずで、ちょうどいい按配だな」

　真造は笑みを浮かべた。

　具は豆腐と葱だけだが、さっぱりとした味で後口がいい。これに箸休めの豆の煮物がつく。わん屋の二人は満足して夕餉を終えた。

　旅籠には内湯もついていた。旅の疲れを癒やすのはやはり湯だ。

　二階の部屋からは海が見えた。遠近（おちこち）に漁火が揺れる夜の海をしばし眺めてから、真造とおみねは眠りについた。

　翌朝は刺身の膳だった。朝早くの網に掛かった魚をさばいているから、このうえなく新鮮だ。

　わん屋の二人が満足して平らげ、茶を呑んでいると、旅籠のあるじとおかみがあいさつに来た。

「いかがでございましたでしょうか」

「物足りないところがございましたら、何なりとお申し付けくださいまし」

　どちらも感じのいい笑みを浮かべて言う。

「ゆうべもけさも、とってもおいしゅうございました」

まずおみねが言った。

「ことに、白焼きのお重は学んで帰りたいと思ったほどです」

真造も言う。

「わたしたち、江戸で小さな料理屋を営んでいるものですから」

おみねが言葉を添えた。

「さようでしたか。今晩は蒲焼きのつもりですが、明日はまた白焼きのお重になります。よろしければお教えしますよ」

あるじは快くそう言ってくれた。

「それはありがたいです。ぜひよろしゅうお願いいたします」

真造の言葉に力がこもった。

「うちのお客さんにお出ししたら、きっとみなびっくりします。ぜひよしなにお願いいたします」

おみねも和す。

「うちの料理が江戸に広まったらほまれです」

おかみが笑みを浮かべた。

「では、ごゆるりとお過ごしくださいまし」

あるじが言った。

「ありがたく存じます。明日、教わりにうかがいますので」

真造が白い歯を見せた。

六

それからおおよそ半刻（約一時間）後――。

磯吉と乳呑み児を連れたおさえ、それに磯吉の妹のおうのが連れだって旅籠をたずねてきた。

「おとっつぁんのお弁当箱を江戸からわざわざ返しに来てくださって、ありがたく存じました」

おうのがていねいに頭を下げた。

「ゆうべは仏壇の前に供えて、知らせておきました」

磯吉が言う。

「さようですか。それは江戸から運んできた甲斐がありました」

真造が笑みを浮かべた。

「あ、そうそう。お兄ちゃんはうっかり言うのを忘れたみたいですけど、あさってはおとっつぁんの月命日なんです」

おうのが伝えた。

「そうすると、法要なども？」

おみねが問う。

「法要などという構えたものじゃありませんが、朝のうちにみなで墓に手を合わせてからあきないに出てます」

「わたしも練り物づくりをちょっと抜けてお墓参りを」

卯三郎の子供たちが答えた。

「では、われわれもお参りしてよろしいでしょうか。その足で江戸へ戻ろうかと」

真造が言った。

「それはおとっつぁんも喜びます」

磯吉が笑みを浮かべた。

こうして段取りが決まった。

磯吉とおさえは街道筋の茶見世のほうへ向かった。真造とおみねは、おうのの案内で嫁ぎ先の練り物屋のほうへ歩いた。

「うちは街道筋ではなく、ちょっと海のほうへ入ったところなので」

おうのが言った。

「活きのいいお魚をすぐさばいてるんですね？」

と、おみね。

「ええ。お刺身でも食べられるような魚を素材にしてるので、蒲鉾などはほんとにぷりぷりですよ」

「そりゃあ、江戸の蒲鉾よりうまそうです」

真造が言った。

「料理屋さんなどにもおろしてるんですか？」

おみねがたずねた。

「はい。國吉屋さんにもおろさせていただいています。山葵醤油でいただくとおいしいですから」

おみねが答えた。

「それはぜひ食べてみたいですね」

真造が乗り気で言う。

「見世先では出してないんですが、中でお召し上がりください。あいにく山葵はないんですが、できたては何もつけなくてもおいしいですから」

おうのはそう言って顔をほころばせた。

練り物屋ではおうのの亭主とその両親が仕込みに余念がなかった。

「江戸でわん屋という料理屋を営んでおります。お忙しいところ、お邪魔いたしまして、相済みません」

真造はていねいに言った。

「死んだおとっつぁんが江戸で世話になったんです」

おうのは義父母に手短に告げた。

「練り物は細かく刻んで炒め飯に入れたり、揚げ物にしたり、いろいろ使わせていただいています」

おみねが如才なく言った。

「ことに竹輪は、磯辺揚げに椀種にと、しょっちゅう使っております」

真造も言う。

「いま焼くところなんで、焼きたてを食っていきなよ」

おうのの亭主がそう言ってくれたから、言葉に甘えることにした。

つくり方のあらましも教わった。思ったより塩を多めに使っていた。なるほど、これならできたては何もつけなくてもいいだろう。

ほどなく、竹輪が焼きあがった。

真ん中の棒を外し、包丁でざくざく切って豪快に皿に盛る。

「このまま召し上がってくださいな」

おうのがすすめた。

「いただきます」

「わあ、おいしそう。いただきます」

わん屋の二人がさっそく手を伸ばした。

焼きたての竹輪は美味だった。

ぷりぷりした身もさることながら、皮も香ばしくてうまい。日頃から料理で使っているが、こんなうまい竹輪は初めてだ。

「学ばせていただきました」

真造は頭を下げた。

「何も教えちゃいねえや」

おうのの亭主が笑う。

「いえいえ、驚きが学びにつながります。江戸に戻ったら、もっとおいしい練り物の料理を出しますよ」

わん屋のあるじは引き締まった表情で言った。

七

練り物屋を出た真造とおみねは、磯吉の茶見世に向かった。

今日は学びを兼ねて手伝いをするつもりだった。東海道を旅する客を相手に、うまい団子を出す茶見世だ。客あしらいも団子づくりも学びになるだろう。

「それなら、遠慮なくこき使いますぜ」

半ば戯れ言めかして、磯吉が言った。

「望むところで」

真造は笑って答えた。

だんご、と染め抜いた朱色の鉢巻きを締め、真造とおみねは呼び込みをした。

「団子、いかがですか」

「みたらしに餡、どちらもおいしいですよ」

前を通る旅人に声をかける。

街道を行き交うのは旅人ばかりではない。掛け声を発しながら飛脚が通れば、駕籠かきや荷車引きも通る。

「力が出るお団子、いかがですか」

「力を出すには甘いものですよ」

わん屋の二人の声に足を止め、団子を食べていく者もいた。

「うめえことを言われたからよ」

「んだが、食って良かったぜ」

「思いのほかうめえ団子だったからな」

「茶もいい味が出てるぜ」

二人の駕籠かきが髭面（ひげづら）をほころばせた。

「なるほど、そうやって声をかけるんですね」

磯吉が感心したように言った。

「学びになります」

おさえも言う。

「こちらこそ、餡づくりの勘どころを教わったので」

真造が言った。

甘すぎず、妙に後を引くうまい餡のつくり方を、磯吉は快く教えてくれた。小豆(あずき)の選び方から水に浸ける要領、砂糖をまぜる分量や炊き方の勘どころまで、磯吉から事細かに教わった。

「これでわらべや甘いもの好きのお客さんにいい料理を出せそうです」

真造は喜んで言った。

「もともと江戸で教わった餡団子なので」

磯吉も笑みを返した。

浜吉が折にふれてぐずるので、おかみのおさえはなかなかに大変そうだった。それでも、子がいることが励みになっていることは伝わってきた。まだ子宝に恵まれていないおみねはうらやましく思った。

機嫌のいいときの浜吉は茶見世の人気者だった。

「おっ、跡取り息子かい」

「いい子じゃねえかよ」

これから伊勢参りだという二人連れの旅人が言った。

「手がかかりますが、ありがたいことで」

　磯吉が言った。

「うちも去年生まれてよ。願を掛けたら、すぐできやがった」

　客はそう言って団子を口に運んだ。

「うちも子宝神社にお願いしたんです」

　おさえが言った。

「そうかい。いずこも同じだな」

「ありがてえこった」

　そんなやり取りを聞いていたおみねは、小声で真造に言った。

「場所を聞いて、明日寄ってみましょうよ」

「そうだな。もともと行くつもりだったんだから」

　相談はすぐまとまった。

　磯吉とおさえは場所をかいつまんで教えてくれた。

　山のほうへいくらか歩き、石段も上るが、昼から出ても夕餉には余裕をもって戻ってこられそうだ。

　昼はおうのの亭主の親族の漁師をたずねることになった。天気が良ければ、浜鍋をつつくのが習わしになっているらしい。それも学びになりそうだ。

明日は白焼きの学びもある。一日ずっと大磯で過ごして、あさって卯三郎の墓にお参りして江戸へ戻る。

段取りがすべて決まった。

第十章　光と風の町

一

旅籠の夕餉は鰻の蒲焼きだった。

昨夜のさっぱりとした白焼き重も良かったが、甘辛いたれがたっぷりのこちらも美味だ。鰻も脂がのっていて申し分ない。

これに肝吸いと箸休めの蒲鉾がつく。おうのの嫁ぎ先がおろしている蒲鉾だということは、聞かずともひと口食べれば分かった。つくりたてでなくても、ぷりぷりした歯ごたえだ。

「蒲焼きには山葵じゃなくて粉山椒（こなざんしょう）だね」

真造が言った。

「白焼きから薬味も変えるのね、さすがだわ」

おみねもうなる。

「いくらか焦がした焼き加減も絶妙だ」

真造は目を細くした。

「炊きこみご飯もそうだけど、わざとお焦げをつくるのは難しいから」

と、おみね。

「釜から聞こえるぷちぷちっという音を聞き取れれば、そこまで難しくはないさ」

真造が言った。

「焼きもののほうは？」

おみねがたずねる。

「そちらは耳じゃなくて目だな」

真造は答えた。

そんな調子で料理談義をしているうちに、夕餉の膳はきれいに片づいた。

「さて」

真造はゆっくりと立ち上がった。

「内湯に入る？」

おみねが問うた。

「そうだな」

真造は少し間を置いてから続けた。

「明日は子宝神社にお参りだし、まだ夜は浅いし」

そこはかとなく謎をかけるように言うと、それと察したおみねは黙って小さくうなずいた。

二

幸い、翌日もいい天気になった。

遅めの朝餉を済ませたわん屋の二人は、しばらく町を散策した。

高札場（こうさつば）の南の脇道を入ると、俳諧道場として名高い鴫立庵（しぎたつあん）がある。人気（ひとけ）はなかったが、風雅の香りがそこはかとなく漂ってくるかのようだった。

それから、またおうのの嫁ぎ先の練り物屋へ立ち寄り、竹輪と蒲鉾を購った。手ぶらで浜鍋に加わるわけにはいかない。

礼を言って練り物屋を後にした真造とおみねは、大磯の浜へ向かった。漁が盛んな大磯では地引網場が三つもある。海の男たちが大手を振って暮らしている土地柄だ。

「あっ、あれね」

目のいいおみねが指さした。

おおむね褌一丁の海の男たちが、車座になって大鍋を囲んでいる。砂を踏みしめながら近づいていくと、鍋を煮る火と男たちの顔が見えた。

「練り物屋の金造さんから聞いてまいりました。江戸の料理屋のわん屋と申します」

真造はよく通る声で言った。

「金造はおれの甥っ子だが、何の用だ？」

よく日に焼けた男が問う。

海風が通るとはいえ、今日も暑く砂が灼けるかのようだ。

「はい。こちらで漁師さんたちが浜鍋を囲まれるというので、料理の学びのためにうかがいました」

真造は来意を告げた。

「練り物を買ってまいりましたので、鍋に入れてお召し上がりください」

おみねも声を響かせた。

「学ぶようなもんじゃねえぜ」

「朝とった鯛なんかをさばいて、葱とかと一緒に煮ただけだ。酒と醬油をぶちこんだだけで、味つけもいい加減なもんだ」

「あくらいは取ってるがよ」

浜の男たちは口々に言った。

「その野趣から学ぶものがあると思いますので、少しだけ頂戴できればと」

真造は腰を低くして言った。

「そうかい。変わった料理人もいたもんだな」

「まあいいや、入(へえ)んな」

「こりゃまた、器量よしのおかみじゃねえかよ」

少々荒っぽいが、気のいい海の男たちは、わん屋の二人を輪に入れてくれた。

たしかに、大ざっぱな味つけの鍋だが、多めの酒が臭みをうまい具合に消していた。海風に吹かれながら食す浜鍋はまた格別だ。

「おお、竹輪が入るとうめえな」

「蒲鉾もいいぜ」

「急に見世で出る鍋みたいになりやがった」

海の男たちは上機嫌だ。

この野趣あふれる浜鍋に何を足せばさらにうまくなるか、真造は思案しながら食べていた。

焼き豆腐もいいし、蒟蒻もいい。山のものと合わせて、里芋や茸を入れてもうまいだろう。案は次々に浮かんだ。

「ところで、これからどこへ行くんだい」

「そもそも、何しに来たんだ」

「おれらの浜鍋を食いに来たんじゃねえんだろう？」

漁師たちは口々に訊いた。

「これから、子宝神社にお参りに行こうかと思ってます」

詳しく説明すると長くなるから、真造はそれだけ答えた。

「子はいねえのかい」

「こんな器量よしの女房なのによう」

「いくらでも子ができそうじゃねえか」

そう言われて、おみねはほおを染めた。

「亭主の気張りが足りねえんだ」

「何なら、おれが代わってやるぜ」

「ほんとに器量よしのおかみだからよう」

酒も回り、話がだんだんそんなふうに落ちてきた。

わん屋の二人はほどよいところで話を切って腰を上げ、浜をあとにして子宝神社へ向かった。

三

磯吉から道は聞いてきたが、途中にあいまいな分かれ道があった。立て札などは見当たらない。

「あの人に訊いてみよう」

真造は畑仕事をしている媼（おうな）を指さした。

「相済みません。子宝神社はどちらの道でしょう」

真造は精一杯の声をかけたが、いくらか耳が遠くて分からないようだった。

さらに近づき、声を張りあげて問うと、やっと返事があった。

「ああ、左だよ、左。願掛けに行くんか?」

歯が欠けた媼が問うた。

「ええ、そんなところです」

真造は笑みを浮かべた。

「いま採った磯菜、持っていかんかね」

人の良さそうな媼が土のついた青いものをかざした。

「磯菜ですか」

真造は初耳だった。

「このあたりでしか採れない青菜でしょうか」

おみねが身を乗り出してたずねた。

「それは知らんが、大磯の磯での」

媼はそう答えた。

「お浸しや胡麻和えにしたらおいしそうですね」

真造が言う。

「うまいよ。ほれ、持っていきな」

媼は押しつけるように磯菜を渡した。

むやみにあくがあるわけではなさそうだから、お浸しや胡麻和えに向くだろう。

むろん、味噌汁の具にしてもいい。ゆでた青菜をぎゅっと絞り、玉子焼きの芯にする案は書物で読んで知った。このあいだ試してみたところ、切り口がまた円ばかりで目が回ると言われた。ただし、味の評判は上々だった。

「なら、遠慮なく頂戴します」

真造は頭を下げて受け取った。

大根菜と小松菜のあいだのような趣だ。

「子ができるといいの」

だいぶ腰の曲がった媼が笑みを浮かべた。

道を教えてもらった二人は左の道を進んだ。しばらく歩くと、古さびた鳥居と石段が見えてきた。子宝神社に着いたのだ。

石段はかなり難儀だったが、おみねもどうにか上りきった。

真造とおみねは柏手を打って参拝した。

どうか子宝に恵まれますように。

わん屋の跡継ぎができますように……。

口には出さないが、神様に向かってずいぶん長く祈った。

「あっ」

石段のほうへ戻るとき、おみねが声をあげた。

「ああ、海が見えるんだね」

真造が指さす。

だいぶ山のほうへ上ってきた。さきほど浜鍋を食べたあたりの先で、青い海が美しく光っている。

「きれいね」

と、おみねが言った。

「ああ」

真造がうなずく。

白い羽の鳥が一羽、ちょうど海から山のほうへ飛んできた。

その鳥が羽を輝かせながら優雅に舞うさまを、真造もおみねもしばし息を呑んで見つめた。

四

子宝神社から旅籠に戻った真造は、休む間もなく旅籠の厨に入って鰻の白焼き重の修業をした。

「白焼きってのは、ただ炭火で焼いただけなんですがね」

串に刺した鰻をあぶりながら、國吉屋のあるじが言った。

「それだけに、ごまかしが利きませんね」

真造が言う。

「そうなんです。蒲焼きだったら、たれの衣を着せてやれば見栄えもしますが、白焼きは素のままですから」

あるじはそう言って笑みを浮かべた。

ほどなく、真造も手を動かしてみた。

「さすがですね。こりゃ教えるところがないです」

旅籠のあるじが感心するほど、真造の手つきは堂に入っていた。

焼き方の次は、薬味を教わった。

鰻そのものの味を引き立てる薬味だ。國吉屋で供されている山葵は江戸ではなかなか入らないから、代わりに何がいいかとたずねたところ、あるじは塩や大根おろしや生姜を教えてくれた。

「蒲焼きなら山椒が合いますが」

真造は言った。

「白焼きにはいくらかきつすぎるかもしれませんね」

「なるほど」

そんな調子で教えが進み、蒲焼きのたれのつくり方まで教わった。

「うちでは瓶にたれを入れ、鰻を浸して味を移しているんです」

あるじが言った。

「たれは注ぎ足すのでしょうか」

真造は問うた。

「ええ。毎日少しずつ注ぎ足しています。命のたれですから」

あるじは誇らしそうに言った。

その命のたれに浸して焼いた蒲焼きは絶品だった。

せっかくだから、部屋で待っていたおみねにも焼きたてを食べてもらった。

「……あんまりおいしいと、言葉が出てこない」

おみねはいくたびも口を動かしてから言った。

「毎日というわけにはいきませんが、うちも蒲焼き用のたれの瓶をつくって注ぎ足すようにします」

真造は言った。

「ああ、それはいいですね」

あるじはすぐさま言った。

「時の重みが、香りになりますよ」

國吉屋のあるじは含蓄のある言葉を口にした。

それを聞いて、おみねがゆっくりとうなずいた。

五

夜のうちに雨音が響き、天気が案じられたが、朝になるときれいに晴れた。

海を見ながら、真造とおみねは旅籠で最後の朝餉を食べた。

「今日のお刺身もおいしいわね」

おみねが満足げに言った。

「浜からここの厨まで一町もないくらいだから」

真造も舌鼓を打つ。

「舌だめしで思い残すことはない？」

おみねがたずねた。

「ああ。磯菜もお浸しにしてもらったしな」

真造はそちらのほうへ箸を伸ばした。

子宝神社への道を教わった媼からもらった磯菜を厨に渡したところ、さっそくお浸しにしてくれた。

「いくらか苦みはあるけどおいしいわね」

と、おみね。

「天麩羅にしてもうまいそうだ」

真造はそう言ってお浸しを胃の腑に落とした。

朝餉が終わると、帰り支度を整えた。

磯吉とおうのがたずねてきたら、一緒に卯三郎の月命日の墓参りをし、その足で帰る段取りになっている。足の疲れ具合にもよるが、今日の泊まりはまた神奈川宿でもいいだろう。

晩夏の光を弾く海を眺めながらお茶を呑んでいると、階下から声が聞こえてきた。磯吉とおうのが来たのだ。

「よし、行くか」

真造は残りのお茶を呑み干して立ち上がった。

おみねも続く。

「お世話になりました」

國吉屋のあるじとおかみに向かって、真造はていねいに頭を下げた。

「どうぞお気をつけて」

「またいつかお越しくださいまし」

旅籠の夫婦がにこやかに言う。

「本当にお世話になりました。どのお料理もおいしかったです」

お世辞は抜きで、おみねは言った。

「白焼き重は、うちでも必ず出しますので」

真造は笑顔で言った。

「それはぜひ」

と、あるじ。

「うちの評判もよしなに」

おかみが如才なく言った。

「お客さんに言っておきます。大磯で泊まるなら國吉屋さんだと」

おみねも愛想よく答えた。

「なら、そろそろまいりましょうか」

磯吉がうながした。

「そうですね。では、これで」

「失礼いたします」

名残惜しかったが、致し方ない。

わん屋の二人は、最後にまた深々と一礼して旅籠を出た。

六

卯三郎の墓は、坂をいくらか上った寺の端のほうにあった。

「もうちょっと高けりゃ、海が見えたんですがね」

磯吉はそう言って、提げてきた包みを解いた。

中から現れたのは、例の竹の弁当箱だ。ややいびつな俵結びが六つ入っている。

「おさえにやらせたんで、うまくまとまってませんが」

磯吉は苦笑いを浮かべた。

女房のおさえとはおおよその時を合わせ、今日はやや遅めに茶見世を開く段取りになっているようだ。

「浅蜊の佃煮を入れたんだよね、お兄ちゃん」

おうのが言った。

「炊きこみご飯まではつくれねえんで、せめて佃煮をと思いまして」

磯吉はそう言うと、墓前に弁当箱を置いた。

「お父さんが喜ぶでしょう」

真造が言う。

「おっかさんも好きだったので、浅蜊の佃煮は」

おうのが笑みを浮かべた。

「だったら、向こうで水入らずですね」

と、おみね。

「酒も持ってきましたんで」

磯吉は弁当箱の隣に竹筒を置いた。

「肴はうちの品で悪いけれど」

おうのが包みを解き、墓前に練り物を供えた。

「おとっつぁんは蒲鉾をつまみに呑むのが好きで」

磯吉が言った。

「おうののとこの蒲鉾はうめえな、いいとこへ嫁に行ってくれたといくたびも言ってました」

おうのはそう言うと、磯吉に目で合図をした。

「わたしは神主の息子ですが、般若心経（はんにゃしんぎょう）くらいなら唱えられます」

真造はそう申し出た。

「さようですか。そりゃあいい供養になります」

磯吉はすぐさま言った。

「どうかよしなに」

おうのも和す。

「承知しました」

真造はそう答えるなり、両手を合わせてお経を唱えだした。

清々しい湧き水のごときお経が終わると、磯吉とおうの、それにおみねも瞑目して合掌した。

「……ありがたく存じました」

磯吉がまず礼を述べた。

「これからも、お供えにこのお弁当箱を使わせていただきますので」

おうのが指さす。

晴れ間がのぞき、日の光に照らされた竹の網代模様が美しく光る。

おみねが墓の陰を指さした。

茶白の縞模様がある猫が一匹、お供え物のほうをじっと見ている。

「狙ってますよ」

「蒲鉾だってもとはお魚だから」

と、おうの。

「俵結びにゃ浅蜊の佃煮が入ってるしな」

兄が言う。

「まだ子猫だから、おとっつぁんが生まれ変わってきたのかも」

妹は突拍子もないことを言いだした。

「はは、そうかもしれねえな」

「おまえは、おとっつぁんかい？」

おうのがやさしく声をかけた。

みなに見られて勝手が違うのか、子猫は急に逃げ出した。

「違うみたいだな」

磯吉が笑みを浮かべた。

猫は軽やかに駆け去っていく。

その背中を、月命日の供養に来た者たちは、みなしばし無言で見送っていた。

七

おうのとは、ここで別れることになった。

「では、またいつかお目にかかりましょう」

卯三郎の娘は笑顔で言った。

「どうかお元気で」

「お世話になりました」

わん屋の二人はていねいにあいさつした。

「では、またのちほど、顔を出してくださいまし」

磯吉が右手を挙げた。

「はい。土産物をじっくり探していますので」

真造が笑みを浮かべた。

大磯の街道筋にはさまざまな見世が並んでいた。真造とおみねは相談しながら土産を買った。

品のいいつまみかんざしを売る見世があったので、おみねの見立てでおちさに蝶(ちょう)をかたどった品を選んだ。

「的屋のおまきちゃんにはいいのかい」

真造が問う。

「ああ、そうね。ありがた迷惑かもしれないけど」

おみねはそう答えると、あれこれとずいぶん時をかけ、蜻蛉(とんぼ)のかんざしを選んだ。

おのれの分に選んだのはかんざしではなかった。張り子の狗(いぬ)の置き物だ。安産のお守りだからいささか気が早いが、表情が愛らしかったのでつい買ってしまった。

「あとは食べ物だな」

真造が言った。

「お煎餅は二、三日もつでしょう」

と、おみね。

「ああ、あそこにも礼を言わないとな」

「道中に食べる分と分けてもらえば」

おみねは笑みを浮かべた。

煎餅屋へ向かう途中、菓子屋ものぞいた。菓子屋のおかみはいやに愛想が良く、しきりに羊羹（ようかん）の舌だめしをすすめる。

「うちはいい豆を使っておりますので」

楊枝（ようじ）に刺したものを食べてみると、たしかに風味が豊かだった。

「抹茶もあるんですね」

真造が緑がかった羊羹を指さす。

「ええ。街道筋で抹茶羊羹を出す見世は珍しいと思いますよ」

こちらも抹茶の入り加減がちょうどいい美味だった。わん屋の二人は二色の羊羹を買って帰ることにした。それなりに日もちがするという話だったから、世話になっている仕入れ先の分も買いこんだ。

続いて、煎餅も多めに買った。これで的屋への土産は充分すぎるほどになった。

「お客さんにも何か買っていく？」

おみねがたずねた。

「何かと言うと？」

真造が問い返した。

「そうねえ……お漬物とか」

おみねは少し思案してから答えた。

「漬物は自前で漬けているから、とくに要らないだろう。大磯で教わった料理が何よりの土産だ」

真造はそう言って白い歯を見せた。

茶見世に着いた。

客がいくたりか来ていて、磯吉もおさえも忙しそうだった。

浜吉は客の人気者になっていた。

「ほーら、高い高い」

「お、笑ったぞ」

「人にさらわれねえように気をつけな」

「おめえがいちばん怪しそうじゃねえか」

二人の旅の男が掛け合う。

「なら、わん屋さんにも抱っこしておもらい」

おさえが浜吉をおみねに渡した。

「わずかなあいだに大きくなったみたい」

おみねがあやしながら言った。

「そんなに急に大きくならないだろう」

真造があきれたように言ったとき、磯吉が団子と茶を載せた盆を運んできた。

「いや、日に日にちょっとずつ大きくなってるような気がしますよ。……はい、お待ちどおさまで」

大磯で味わう最後の団子と茶が来た。

「次はいつになるか分からないけれど、先々が楽しみですね」

真造はそう言って餡団子に手を伸ばした。

「街道筋のお客さんは、いくたびも立ち寄ってくださいますからね。おとっつぁんもよく言ってました。『今日はいい日だな。懐かしいお客さんが来た』って、それはそれは嬉しそうに晩酌をしてましたよ」

亡き卯三郎の声色を使って、磯吉は言った。

「うちもそういう見世にしたいですね」

おみねがみたらし団子に手を伸ばす。

「いつか、こいつが大きくなったら、江戸へ連れて行ってもらいますよ。おいらがおとっつぁんを連れて行ったみたいにね」

おみねから浜吉を受け取った磯吉は、感慨深げに言った。

別れのときが来た。

「では、お世話になりました」

真造は深々と頭を下げた。

光と風の宿場町、大磯を去らなければならないのは寂しいが、江戸へ帰らなければならない。

わん屋のお客さんが待っている。

「本当にお世話になりました。どうぞお達者で」

おみねも笑顔で言った。

「お達者で」

おさえも笑顔で見送る。

「道中お気をつけて。……ほら、おまえも言いな」

磯吉はだっこした跡取り息子の手をゆすった。

「そりゃあまだ早いぜ」

「しゃべったらひっくり返るぞ」

客がそう言ったから、茶見世に笑いがわいた。

風が吹き抜けていく。

湿っぽい別れにはならなかった。

磯吉たちの笑顔に送られ、わん屋の二人は大磯を後にした。

第十一章　初めてのわん講

一

お待たせいたしました
あしたの中食から
またのれんを出します
大いそでまなんできたおれうり
どうぞおたのしみに

わん屋店主

わん屋の前に、そんな貼り紙が出た。

「おっ、明日からやるみてえだぜ」

「待ちかねたな」

通りかかったそろいの半纏の職人衆が足を止めて言う。

「いろんな見世に入ってみたけど、どこもいま一つだったからよ」

「わん屋にはかなわねえさ」

「大磯で学んできた料理って何だ？」

「知るもんか。明日来てみりゃ分かるぜ」

「なるほど。あきないがうめえや」

職人衆は口々に言った。

江戸へ戻った真造とおみねは、的屋にお土産を渡してあいさつしたあと、見世に戻ってさっそく仕込みに取りかかった。

さらに、真造がお土産の羊羹を渡しがてら仕入れ先をあわただしく廻った。明日からの食材は、朝早くに起きて仕入れるものもあるが、わん屋へ運んでもらうものもあるから根回しは欠かせない。

江戸の町をばたばたと動いているうち、大河内鍋之助同心にばったり出くわした。

「おっ、帰ってきたのかい」

同心が声をかけた。

「はい。明日からまたのれんを出しますので」

真造は笑顔で答えた。

「そりゃ楽しみだな。大磯はどうだった」

同心が上機嫌で訊く。

「弁当箱を返したあと、旅籠で料理を教わったりしておりました。漁師さんたちの浜鍋もいただいて、ずいぶんと学びになりました」

真造はいい顔つきで答えた。

「そりゃあ、何よりだ。なら、明日さっそく食いに行くぜ」

大河内同心は小気味よく右手を挙げて歩きだした。

「お待ちしております」

その背に向かって、真造はていねいにおじぎをした。

二

翌日――。

わん屋の前に立て札が出た。

本日の中食
うなぎの白やき膳
肝吸ひ付き

「鰻の白焼きだってよ」

「前には出たことなかったぜ」

「大磯で学んできたんじゃねえか」

「ま、何にせよ食ってみるか」

なじみの大工衆を皮切りに、客は次々に入ってきた。

「いらっしゃいまし。空いているお席へどうぞ」

おみねが張りのある声で言った。

「おう、おかみの声を聞くのは久々だな」

「いちだんときれいになったじゃねえかよ」

客が笑って座敷に上がる。

「お待たせいたしました。鰻の白焼き膳でございます」

蝶々のつまみかんざしを髪に飾ったおちさが盆を運んできた。

「待っちゃいねえぜ」

「早くも来たか」

「こりゃうまそうだ」

大工衆がさっそく身を乗り出した。

「おろし生姜とお塩を薬味に召し上がってくださいまし」

おみねが身ぶりをまじえて言った。

「円の中で、鰻が四角くなってるな」

「妙な家紋みてえだぜ」

大ぶりの黒い塗椀を見て、客が言った。

「鰻は横に長いもので、半分に切って四角く盛り付けております」

おみねが言う。

「そりゃ、わん屋だからな」

「手間のかかるこった」

「なら、食おうぜ」

大工衆は箸を取った。

昨日、見世先で貼り紙を見ていた職人衆もどやどやと入ってきて、一枚板の席に腰を下ろした。

ほどなく、柿崎隼人も姿を現し、厨の前に陣取った。

「どうだった、大磯は」

剣術指南の浪人が問うた。

「はい、例の弁当箱を返してから、旅籠で料理を学んできました。今日の膳はその白焼きで」

手を動かしながら、真造は答えた。

「ほう、そりゃ楽しみだ」

無精髭を生やした隼人の表情が崩れた。

白焼き膳は次々に供された。

「鰻ってのは、こんな色をしてるんだな」

「蒲焼きの濃い色ばっかり見てるからよ」

「お、うめえ。生姜をのっけたら、えらくうめえぞ」

客の一人の瞳が輝く。

「おう、肝吸いもうめえ」

「鰻の身がやわらけえな」

職人衆の評判は上々だった。

柿崎隼人は塩を薬味に食べていた。

「いかがでしょう」

真造が問う。

「鰻だけを食せば、いささか物足りないのだが……」

隼人はもう一度箸を動かしてから続けた。

「飯にたれがしみているから、わっと食せば実にうまいのう」

感に堪えたように言う。

「お武家様の言うとおりで」

「あとからたれのうま味が効いてきやがる」

そんなやり取りをしているあいだにも、客は次々に入ってきた。

「おあと、お膳四つ、お願いします」

おみねの声が響いた。

「おう、おかみ、うまかったぜ」

「こりゃあ、名物になるぞ」

「鰻を切って四角く盛ってあるから、たくさん食ったような気にならあ」

職人衆は口々に言った。

「ありがたく存じます。そのうち蒲焼きも出しますので」

おみねが明るく答える。

「まさか、鰻屋にあきない替えか？」

半ばは戯れ言めかして、隼人が言った。

「いやいや、わん屋はただの料理屋でございますから」

真造は笑って答えた。

三

二幕目に入っても、わん屋は千客万来だった。

「そうかい。白焼きは食べたかったねえ」

大黒屋の隠居の七兵衛がいくらか悔しそうに言った。

「話を聞くだけでよだれが出そうです」

手代の巳之吉が言った。

「また鰻がたくさん入りましたら」

厨で手を動かしながら、真造が言った。

ややあって、鰹のいぶし造りができた。

扇のかたちに串を打ち、ほどよくあぶって冷たい井戸水で締める。しかるのちに引き造りにし、加減酢を刷毛で塗って、生姜や青紫蘇(あおじそ)などの薬味をたっぷり添える。酒の肴にはこたえられないひと品だ。

「やっぱり、うちで食うよりは格段にうまいね」

隠居が顔をほころばせたとき、的屋のあるじの大造が入ってきた。

「おや、的屋さん、中休みですか」

七兵衛が声をかけた。

「わん屋さんのほうからいい匂いが漂ってくるので、辛抱できずにやってまいりました」

旅籠のあるじは笑って答えた。

「ありがたく存じます。ちょうど鰹のいぶし造りができましたので」

真造が席をすすめた。

「こちらこそ、結構な土産を頂戴しまして」

大造が礼を言う。

ちょうどおみねが座敷の客の給仕から戻ってきた。

「あのつまみかんざしは、おかみさんの見立てでございましょう?」

的屋のあるじが問うた。

「ええ、おまきちゃんに似合うかなと思いまして」

と、おみね。

「すっかり気に入って、蜻蛉の恰好をして歩いたりしてますよ」

大造が妙な身ぶりをまじえたから、わん屋に笑いがわいた。

「ああ、よかった」

おみねのほおにえくぼが浮かんだ。

「何か胃の腑にたまるものもお出しいたしましょうか」

真造が水を向けた。

「さようですか。たとえば、どういうものができますでしょうか」

的屋のあるじが乗り気で言う。

「大磯で世話になった練り物屋さんで買った蒲鉾があと少し余っているんです。

それを使った炒め飯はどうかと思いまして」

　真造が言った。

「いいですね」

　巳之吉が先んじて言った。

「これ、おまえはしゃしゃり出ちゃいけないよ」

　すかさず隠居がたしなめた。

「相済みません」

　叱られた手代が首をすくめた。

　ややあって、醬油が焦げる香ばしい匂いが漂いはじめた。

　蒲鉾のほかの具は、玉子と刻んだ葱、それに胡麻だけだ。味つけは醬油と塩胡椒だけでいい。これで存分にうまい。

「鮮やかな手際ですなあ」

　大造が感に堪えたように言った。

　真造が手を動かすたびに、平たい鍋の中で炒め飯が舞う。そのたびに飯粒がぱらぱらとほぐれていく。

「仕上げはこれで」

鍋を火から下ろした真造は、あるものを回しかけた。

「胡麻油だね」

隠居がのぞきこんで言う。

「ええ。けんちん汁などもそうですが、いい働きをしてくれます。……はい、お待ちどおさまです」

真造はまず的屋のあるじに炒め飯を出した。

器は美濃屋の瀬戸物だ。梅の文様の縁取りのついた円皿に盛ると、炒め飯がなおいっそう引き立つ。

「ああ、来て良かったです」

食すなり、大造が言った。

「ほんとだね。蒲鉾もいいからか、いつものよりうまいよ」

「大旦那さまのお付きで良かったです」

隠居も笑みを浮かべた。

手代も満面の笑みだ。

「こりゃあ、中食の顔にしたほうがいいですね。きっと飛ぶように出ますよ」

的屋のあるじはそう言うと、また匙(さじ)を口に運んだ。

「練り物の仕入れ先は変えてみようかと思っていたんです。そうしたら、またお出ししますよ」

真造はそう請け合った。

大造が的屋に戻ってほどなく、大河内同心が急ぎ足で姿を現した。

「白焼きの膳は好評だったみてえだな。おれも食いたかったぜ」

同心はやや悔しそうに言った。

「手前も並べばよかったと悔いていますよ」

七兵衛が言う。

「そのうち、鰻が多めに入ったら二幕目にもお出ししますので」

真造が笑みを浮かべた。

「それはそうと、何か腹にたまるものをくんな。酒はいい。まだちょいとつとめがあるもんでな」

大河内同心は歯切れのいい口調で言った。

「おつとめ、ご苦労様でございます」

おみねが頭を下げる。

「さきほど炒め飯をいただいたんですよ。大磯の蒲鉾がたっぷり入ったうまい炒め飯で」

隠居が告げた。

「おう、くんな」

同心は身ぶりをまじえた。

「旦那でちょうど終いです。さっそくおつくりします」

真造はそう言うと、さらに気の入った身のこなしで鍋を振り、またたくうちに炒め飯をつくった。

「世を円くおさめる、わん屋の炒め飯でございます」

最後だから、いくらか芝居がかった調子で出す。

「大きく出たな」

大河内同心はにやりと笑って受け取ると、すぐさま匙を動かしだした。

ややあって、端正な顔に会心の笑みが浮かんだ。

「うめえ」

ただひと言だけ、同心は見得を切るように発した。

四

翌日からも、わん屋は繁盛した。

長く見世を休んだりしたらお客さんが離れてしまうのではなかろうか。

そんな一抹の不安もあったが、杞憂(きゆう)に終わった。

そうこうしているうちに時が移ろい、日ざしが穏やかになって秋風が吹きはじめた。海の幸山の幸、ともにうまくなる季だ。

そんなある日、二幕目に大黒屋の七兵衛が、ぎやまん唐物問屋の千鳥屋幸之助とともにやってきた。むろん、ともにお付きの手代を従えている。

「前にもちらっと案を出しておいた、わんづくりの寄り合いの件なんだがね」

一枚板の席に陣取り、お通しの切干大根の煮つけに箸をつけてから、大黒屋の隠居が言った。

「ちょうど大山講でご一緒だったもので、わん講の段取りの話もしたんですよ」

千鳥屋幸之助が言った。

「わん講、でございますか？」

真造がややいぶかしそうに問うた。

「わんづくりがわん屋に集まる講だから、わん講だよ。木の椀もあれば、瀬戸物の碗もある。うちで扱っている塗物があれば、千鳥屋さんのぎやまんもある。竹職人さんの曲げ物の弁当箱もわんのうちだ。そのうち、寿司桶や円い蒸籠なんかにも広げていけば、だんだんに頭数（あたまかず）が増えていくだろう」

隠居がそう言って、白い鬣に手をやった。

「それは良うございますね」

次の肴をつくりながら、真造は言った。

「同じ円いわんづくりがいくたりも集まれば、思いがけない知恵が飛び出すかもしれない。いや、べつに知恵が出なくたって、わん屋で楽しく呑めればいいんだがね」

七兵衛が言う。

「日取りが決まれば、衝立（ついたて）を入れて、半ばを貸し切りにいたしますので」

おみねが座敷のほうを手で示した。

「来月の一日に決めておこうかという話になったんです」

千鳥屋のあるじが言った。

「なるほど、承知しました」

　真造がうなずく。

「で、わん屋は湊みたいなものだから、わんづくりの人たちが船のように折にふれてやってくるだろう。その人たちが来たら、伝えておいておくれでないか」

　大黒屋の隠居が言った。

「まだ間がありますからね」

　幸之助が言う。

「承知しました。伝えておきます」

　真造は請け合った。

「竹の曲げ物職人の丑之助さんには、お兄ちゃんから伝えてもらいます」

　お運びから戻ってきたおちさが言った。

「その調子だと、どんどん伝わるわね」

　と、おみね。

「真次兄さんは親方と一緒によく来てくれるからな。……はい、できました。かますの源平焼き（げんぺいやき）でございます」

　真造はできたての肴を一枚板の席に置いた。

「源平焼き?」

手代の巳之吉が首をひねった。

「おまえは分かるか?」

千鳥屋の幸之助がお付きの善造にたずねた。

「さあ……源氏と平家ですか?」

目のくりくりした若者は自信なさげに答えた。

「そこまで出れば、あと少しだよ」

七兵衛はそう言って、さっそく箸を伸ばした。

幸之助も続く。

「あっ、旗か」

巳之吉が先に気づいた。

「そのとおり。幽庵地(ゆうあんじ)に漬けた赤いほうが源氏、塩焼きの白いほうが平家、それぞれの旗に見立てているんだ。粋な料理じゃないか。……おお、味もうまい」

七兵衛が笑みを浮かべる。

「味醂と醤油と酒の幽庵地にじっくり漬けたものと、塩をなじませたもの、二種の焼き物が楽しめますので」

真造はそう言って、手代にも同じ料理を出した。

あるじは色絵の円皿だが、手代は素焼きだ。あまり豪勢なものを出すと、ほかのお店者に悪いと思ったりするから、そのあたりにもこまやかな気を使っている。

「何にせよ、先が楽しみだね」

塗物問屋の隠居が言った。

「学びにもなりましょう」

ぎやまん唐物問屋のあるじが言う。

「では、わん講に向けて、うちも気張ってやりますので」

真造が気の入った声を発した。

五

「なら、一日は早上がりにしよう」

椀づくりの親方の太平が言った。

「注文がたてこんだら、前の日に追いこまなければなりませんね」

次兄の真次が言う。

「つくりきれなかったら、残った弟子がやりますんで」

弟弟子の大五郎が笑みを浮かべた。

「そりゃ頼もしいが、しくじるなよ」

親方が言う。

「へい」

大五郎は短く答えた。

わん講の話はだんだんに伝わっていた。円い弁当箱など、竹の曲げ物づくりの丑之助には、おちさの兄の富松がたしかに伝えてくれたようだ。

美濃屋には休みの日にこちらから出向いていった。見世の名の入った蓋付きの丼を頼むためだ。

蓋の裏に「わんや」と顔がほころぶような筆跡の仮名で名を入れ、丼には大小とりどりの円を散らし、色も何種か変えてつくった。

できあがった品は、いままさに一枚板の客の料理に使っていた。

うな玉丼だ。

鰻が多めに入ったので、二幕目にも出すことができた。蒲焼きを細かく切って飯にのせ、玉子でとじて三つ葉を散らして供する。さまざまな味が響き合う丼の評判はすこぶる良かった。

「ああ、うまかったな」

親方が満足げに言った。

「鰻だけでもやっていけそうな按配じゃないか」

真次が白い歯を見せた。

「鰻のたれだけの瓶をつくって、注ぎ足しながら使ってるから」

真造は答えた。

「わん講じゃ、おいらの椀も使ってくれるのかい」

親方が問うた。

「もちろんです。講に出られた方がつくられた器は、とりどりにお出ししますよ」

真造はすぐさま請け合った。

「いまから、あの器にはこの料理をと、いろいろ思案してるんですから」

おみねが笑みを浮かべた。

「そりゃ楽しみだな」

と、太平。

「わたしだけ修業中の身で肩身が狭いが、まあ兄ということで出させてくれ」

真次がそう言って、猪口の酒を呑み干した。

「なに、腕はめきめき上がってるから、年が明けたら通いでいいや」

親方が言った。

「ほんとですか」

真次が猪口を置く。

「おう。いずれのれん分けもできるだろうよ。それくらいの上達ぶりだ」

親方がそう言ってほめたから、わん屋の夫婦まで笑顔になった。

六

その日が来た。

二幕目のわん屋の座敷に衝立が入った。

「おっと、今日はこちらだね」

いち早くやってきた大黒屋の隠居の七兵衛が、一枚板の席に向かいかけて足を止めた。

「はい、お座敷にお願いいたします。お供さんはべつのところに」

おみねはお付きの手代の巳之吉に声をかけた。

「承知しました。では、大旦那さま、またのちほど」

巳之吉が頭を下げる。

「ああ、お付き同士で悪口でも言い合っていてくれ」

隠居は笑って言った。

ほどなく、美濃屋のあるじの正作とお付きの信太がのれんをくぐってきた。

「料理屋さんにどうかと思ったのですが、いい下り酒が入ったもので」

美濃屋は小ぶりの菰樽(こもだる)を差し入れに持ってきた。

「それはそれは、ありがたく存じます」

おみねが礼を言って受け取る。伏見の上等の酒だ。

「遅くなりまして」

美濃屋は隠居にあいさつした。

「いやいや、わたしが早く来すぎたんだよ」

上座に座った隠居は笑みを浮かべた。

ややあって、ぎやまん唐物問屋、千鳥屋の幸之助と手代の善造が来た。

椀づくりの親方の太平と真次も顔を見せた。

「しんがりで相済まねえこって」

竹の曲げ物づくりの丑之助が最後に急ぎ足で入ってきた。

「わんづくりじゃねえんだけど、お運びの兄ってことで末席に」

おちさの兄の富松が言った。

「そのうち円い竹箸をつくってくれるそうですから」

丑之助がそう言ったから、場に笑いがわいた。

「では、どんどん料理を運ばせていただきますので。御酒の追加がございましたら、お申しつけくださいまし」

おみねが愛想よく言った。

初めに運ばれてきたのは、海老の変わり揚げだった。

「おっ、いきなりおいらの椀だな」

太平が笑みを浮かべた。

「はい。ただし、小皿は瀬戸物でございます」

運んできたおちさが言った。

「なるほど、天麩羅を抹茶塩でいただくんだね」

美濃屋正作がのぞきこんで言った。

「椀につんもりと盛っておりますね」

千鳥屋幸之助が指さす。

「そりゃあ、三種の海老の変わり揚げだからね。円い椀に盛るには工夫が要るんだ。さっそくいただこう」

大黒屋の隠居が箸を伸ばした。

海苔に、細かくちぎった干し湯葉に、砕いたあられ。それぞれに色合いも風味も異なる衣を使った三種の変わり揚げだ。

「こりゃあ、うめえな」

丑之助がうなる。

「早くも来た甲斐があった」

富松が言う。

わん講の料理は、好評のうちに幕を開けた。

七

厨の真造は大車輪の忙しさだった。

わん講の面々ばかりでなく、お付きの者たちにも料理を出さねばならない。

「おれは後回しでいいぞ」

ちょうど顔を見せた大河内同心が言った。

「何か腹にたまるものがあれば」

手下の千之助が帯をぽんと手でたたいた。

「いまから炒め飯をつくりますので」

真造はそう言うなり、大きな平たい鍋を取り出した。

座敷のほうからにぎやかな声が響いてくる。

お付きの手代にはわらべに毛が生えたような者もいるから、まず茶と餡巻きを出した。甘すぎない餡は大磯の茶見世からの直伝だ。粉をいくつかまぜて水で溶き、平たい鍋に流して餡をくるめば、実に香ばしい仕上がりになる。

続いて、同心と千之助の分も含めて炒め飯をつくった。あまり量が多いと鍋を振るのが難儀だが、どうにか動かすことができた。

次々に盛り付け、おみねとおちさが座敷に運ぶと、また座敷から歓声が伝わってきた。

「豪勢な炒め飯じゃねえか」

食すなり、大河内同心が目を細くした。

「海老も入っておりますので」

真造は笑みを浮かべると、額の汗をぬぐって次の料理に取りかかった。

だいぶ前から仕込みをしているものもある。料理は段取りよく次々に仕上がっていった。

それを器に盛る。

「客がみんな器づくりだと、いろいろ気を使わなきゃならねえから大変だな」

大河内同心が言った。

「うちのはまだか、ってことになっちまうから。……それにしても、この炒め飯はうめえなあ」

千之助がうなる。

「それを思案するのも楽しみのうちです」

真造はそう言うと、頭数分の竹の弁当箱を用意した。

丑之助がつくった網代模様が美しい器に紙を敷き、揚げ物を盛り付けていく。

蓮根（れんこん）のはさみ揚げだ。

海老をすって玉子の白身を加え、塩胡椒で味を調えたものをはさんで、衣をつけて揚げる。それだけだと彩りが足りないので、最後に紫蘇の葉をはさんで揚げたのが真造の工夫だった。

「なるほど、ひと手間で見栄えが違ってくるな」

同心が言った。

「相済みません。講のお客さん向けで」

真造がすまなそうにわびた。

「そりゃ仕方ねえや。見てるだけでうまそうだ」

大河内同心はそう言って笑った。

八

「さすがに、ぎやまんは涼やかですな」

隠居の七兵衛が笑みを浮かべた。

「夏でもないのに気を使っていただいて恐縮です」

千鳥屋幸之助が軽く頭を下げた。

ぎやまんの円皿は握り寿司の盛り合わせに使われていた。鮪に平目に蛸に烏賊、とりどりの寿司が円を描くように盛り付けられている。見ただけで心が躍るひと品だ。

その寿司をつまみながら、話は続いた。

せっかく器づくりが集まったのだから、火除け地に市を出してみたらどうか。

七兵衛の提案に、みなそれぞれに乗ってきた。

「あがりは大したことがなくとも、見世の引札にはなるでしょう」

美濃屋正作が言う。

「若い衆の学びにもなるだろうしね」

大黒屋の隠居が和した。

「なにより、器の良さをみてもらいてえところで」

椀づくりの太平が言う。

「なら、竹を編んでるところをお客さんに見せて、その場で売ってみりゃどうですかい」

丑之助が案を出した。

「ああ、それはいいですね」

千鳥屋がすぐさま言った。

「瀬戸物だとできませんが、竹編みならお客さんを立ち止まらせることができますね」

美濃屋も賛意を示す。

「なら、あんまり寒い時分はつらいから、春先の陽気のいいときに初回をやりますか」

七兵衛がまとめにかかった。

「市の名はどうするんで？」

富松が問うた。

「そりゃあ、『わん市』でいいんじゃないかねえ」

隠居が答えたとき、おみねが次の料理を運んできた。

「お次は、ご隠居さんの塗物でございます」

おみねが告げた。

「それじゃ、器を食べるみたいだよ」

七兵衛がすかさず言ったから、わん講の面々が笑った。

黒い塗物に盛られていたのは、蛸の小倉煮(おぐらに)だった。

蛸と小豆を合わせて煮た風変わりな煮物だが、これが存外にうまい。

「わん屋さんは書物を読んでこういう料理を仕込んでくるんだよ」

隠居が言った。

「何事も学びですね」

千鳥屋がうなずく。

「では、そろそろ真造にも入ってもらいましょうか」

真次が言った。

「そうだね。ここまで決まったことも伝えなきゃならないし」

まとめ役の七兵衛が言う。

「なら、呼んでまいります」

椀づくりの弟子はそう答えてすっと立ち上がった。

九

「ここは勝手にやってるから、早く行ってきな」

大河内同心が言った。

「承知しました。いま次の肴ができますので」

真造はそう言って、またせわしなく手を動かした。

ほどなくできあがったのは、松茸と小茄子の辛子和えだった。

松茸は香ばしく焼き、小茄子はほどよくゆでる。これを辛子醤油で和えれば、舌が喜ぶ逸品になる。

器は迷ったあげく、竹編みの弁当箱を除くすべての種類を使うことにした。ぎやまん、瀬戸物、木の椀、塗物、それぞれ趣が違って目にも楽しい。

「では、行ってまいります」

同心と千之助を一枚板の席に残し、真造はわん講の席へ向かった。

「おう、これは趣向だね」

七兵衛が破顔一笑した。

「どれでもお好きな器をお取りくださいまし」

真造は言った。

「では、学びのためによその器を」

ぎやまん唐物問屋のあるじが瀬戸物を手に取る。

「それなら、お返しに」

瀬戸物問屋のあるじはぎやまんの器に手を伸ばした。

そんな按配で料理が行きわたり、新たな酒がつがれた。

「わん講のあらましは、おかげさまでだいぶ固まってきてね」

七兵衛がそう言って、おおよそのことを真造に伝えた。

寄り合いは隔月の一日、場所はこのわん屋にする。

その際に、次から講の積立の銭を集める。銭は七兵衛が預かり、来春に開くわん市の備えや、年に一度行われる旅の費用（かかり）にあてる。

「わたしの歳なら吉原（よしわら）とかで使いこむ気遣いはないからね」

七兵衛はそんな戯れ言を飛ばした。

「旅はどちらへ？」

真造がたずねた。

「それはこれからの相談だよ」

隠居が答える。

「どこへ行くか、いろいろ案を出すのも寄り合いの楽しみですからな」

椀づくりの親方が言った。

「やはり、わんにちなんだところがいいだろうな」

真次が真造に言う。

「円い湖なんかでしょうか」

おみねが思いつきで言った。

「そりゃあ追い追いの相談だね。……お、この料理も乙な味だ」

隠居がそう言って笑みを浮かべた。

料理の締めに汁を出した。具だくさんのけんちん汁だ。

手代たちにはお汁粉だ。白玉とあられが入ったお汁粉を出すと、また座敷がにぎやかになった。ずいぶんと話が弾んだようで、楽しさが厨にまで伝わってきた。

わん講の初回の寄り合いは、ほどなくお開きとなった。

「ありがたく存じました」

「また再来月の一日に」

わん屋の二人が見送る。

「わたしは暇だからしょっちゅう来るけどね」

隠居が笑みを浮かべた。

「おいらも寄らせてもらうぜ」

だいぶ赤くなった顔で太平が言う。

ほかの面々もみな上機嫌だった。初めてのわん講は上々の首尾だ。

「では、お気をつけて」

「またのお越しを」

真造とおみねは笑顔で客を見送った。

終章　新たな命

一

木枯らしが吹く師走（しわす）の寒い日――。

通油町の角に一挺の駕籠が止まった。

「止めてください。ここから歩くので」

客が声をかけた。

「へい」

駕籠が止まる。

中から姿を現したのは、面妖ないでたちの男だった。

白い狩衣（かりぎぬ）をまとっている。

道行く者はみな目を瞠った。ここいらではめったに見かけない。

絵の中から抜け出してきたかのような男は悠然と歩を進めると、ある見世ののれんをくぐった。

わん屋だ。

「いらっしゃいまし」

おちさが驚いたように言った。

すぐさま厨のほうへ向かう。

「お見えになりましたよ」

手伝いの娘はあわてて告げた。

真造が仕込みの手を止めた。

わん屋に姿を現したのは、依那古神社の宮司だった。

まだ中食の前だ。見世に客の姿はない。

「わざわざお越しいただいて、相済みません」

おみねがていねいに頭を下げた。

「いや、いずれ来てみたいと思っていたので」

真斎が笑みを浮かべた。

依那古神社の宮司として社を守らねばならないから、江戸の市中へ出かけることはめったにない。弟の真造の見世を訪れるのも今日が初めてだ。

「なかなかいい見世じゃないか」

あたりを見回して、真斎は真造に言った。

「邪気はこもってないかい、兄さん」

いくらか不安げに真造は問うた。

「ああ、そういう影は見えない。和気なら見えるがな」

依那古神社の宮司は白い歯を見せた。

今日は弟子の空斎と妹の真沙に神社を任せ、途中から駕籠に乗ってここまでやってきた。さすがに白い神馬に乗って江戸の市中へ来るわけにはいかない。

「では、さっそく祈願をしましょう」

真斎はおみねに声をかけた。

「はい、ありがたく存じます」

おみねはまた一礼した。

普通なら、何か願いごとがあるのなら、おみねのほうが神社へ出向いていくはずだ。

にもかかわらず、宮司のほうから足を運んだのには、はっきりとしたわけがあった。

おみねに無理をさせてはいけない。

そう考えた真造が休みの日に兄のもとを訪れ、段取りを整えたのだった。

おみねのおなかには、新たな命が宿っていた。

二

「……畏（かしこ）み畏み曰（もう）す」

朗々たる声の祝詞が終わった。

真斎の振る白い御幣が、おみねの前でひとしきり揺れる。

安産祈願は終わった。

「あとはこの御札を神棚に飾り、毎日祈るようにしてください。そうすれば、安産間違いなしです」

真斎はそう請け合った。

「ありがたく存じました」

少し上気した顔で、おみねは顔を上げた。

先月、体の具合が悪くなったので医者に診てもらったところ、懸念は喜びに変わった。来春、花の咲くころにややこが生まれるというのだ。

真造も大喜びだった。

大磯の子宝神社にお参りしたおかげに違いない。

そう考えた真造とおみねは、大磯のほうへいくたびもおじぎをして礼を述べた。

隠居の七兵衛をはじめとするわん屋の常連も手放しで喜んでくれた。今月の一日に催された二度目のわん講は、すっかりおみねが主役だった。

みないろいろと世話を焼いてくれた。おかげで、いい産婆を手配できた。何かあったときは、腕のいい産科医にかかる手はずも整った。

今日はその段取りの一環で、真斎を呼び、いま安産の祈願を終えた。ここまでは万全の運びだ。

「せっかくだから、中食の膳を一番で食べていっておくれよ、兄さん」

厨に戻った真造が言った。

「そのつもりで来たんだ。膳は何だ？」

長兄が問う。

「今日は茸の炊きこみご飯と鰤(ぶり)大根の膳だよ。けんちん汁もつく」

真造が言った。

「茸はそろそろ終いごろですけど、椎茸と占地（しめじ）と平茸が入りましたので」

おみねが弾んだ声で告げた。

「茸は三種を使うとうまいし、味を吸って引き立ててくれる油揚げも入れたから」

と、真造。

「聞いただけでうまそうだな。では、中食の初物をいただくことにしよう」

真斎は笑みを浮かべた。

「承知しました」

おみねが笑みを返す。

「ところで、来春からの人手はどうだ？　昼などは手が足りないのじゃないか？」

真斎は気づかって問うた。

「たしかに。いまでも合戦場のような忙しさなので、おみねの代わりが見つからなければ、中食はやめるしかないかと……はい、お待ちで」

真造は一枚板の席に一人だけ座った真斎に膳を出した。

「なるほど……まあ、まずは食べてからだな」

依那古神社の宮司はそう言うと、さっそく箸を動かしだした。

茸と油揚げがふんだんに入った炊きこみご飯。冬のおかずの五本指に入る鰤大根。そして、胡麻油の香りが漂う具だくさんのけんちん汁。

すべて円い器を使った、わん屋自慢の中食だ。今日の汁椀は真次が彫った木の椀を用いている。人参、大根、里芋、豆腐、蒟蒻、葱。奇をてらわないまっすぐな汁には、素朴な木の椀がよく似合う。

「……ああ、おいしかったな」

真斎は満足げに言った。

その様子を見て、おみねがほっとしたように胸に手をやった。

「こんなにおいしい中食の膳だ。休むのは忍びないな」

兄は弟に言った。

「でも、人手が足りなければ仕方がないよ」

真造は半ばあきらめたように言った。

「それなら……一人、あてがあるんだが」

真斎はそう切り出した。

「兄さんにかい？」

　真造が訊く。

「ああ。おまえもよく知っている娘だ」

　真斎は謎をかけるように答えた。

「よく知っている娘……」

　真造は首をひねったが、おみねはふと何かに思い当たったような顔つきになった。

「ひょっとして、真沙ちゃんですか？」

　おみねが問うと、真斎は笑みを浮かべてうなずいた。

「あいつに、ここのお運びを？」

　真造の顔に驚きの色が浮かんだ。

「お祓いを受けに来た人への応対はなかなか堂に入ってきた。難しい祝詞はまだしょっちゅうつかえるから代わりは任せられないが、先々の学びにもなるだろうし、この先もずっとというわけではないからな」

　真斎は言った。

「真沙ちゃんなら、きっと看板娘になりますよ。それなら、心安んじてお産ができます」

おみねが笑顔で言った。

「わたしも案じていたので、助っ人さんが来てくれたら助かります」

おちさも顔をほころばせた。

「ならば、そのうち見習いに来させよう。いきなりだとしくじるからな」

「すまないね、兄さん」

真造が言った。

「なに、お互いさまだ。では、そろそろ中食のお客さんを入れるころだろうから、わたしはおどかさぬように裏からそっと出よう」

依那古神社の宮司は、渋く笑って立ち上がった。

三

「そうかい、妹さんが助っ人に来るのかい」

隠居の七兵衛が顔をほころばせた。

翌日の二幕目だ。一枚板の席には、ほかに手代の巳之吉に加えて剣術指南の柿崎隼人と連れの武家が陣取っていた。

「ええ。明るいので、その点は安心です」

真造が手を動かしながら答えた。

「料理はつくらぬのか?」

柿崎隼人がそう問うて、けんちんうどんを口に運んだ。

けんちん汁があまりにも好評だったから、今日はうどんも打ってみた。新たに牛蒡も入れたら、客に大好評だった。

「そこまでは荷が重そうです」

真造がそう答えたとき、ばたばたと足音が響いた。

「あら、おまきちゃん」

おみねの声も響いてきた。

「ちょうどうちに大磯のお客さんが見えて、茶見世も知ってるっていう話なんです」

的屋の看板娘は息せき切って告げた。

「磯吉さんの茶見世?」

おみねの問いに、おまきはこくりとうなずいた。

「それなら、文を書いて知らせてやったらどうだい」

隠居がすかさず水を向けた。

「さようですね。ややこを授かったのは大磯の子宝神社のおかげですから、できれば御礼参りの代参をお願いしたいものです」

真造の声が弾んだ。

「それから、わん屋さんの出前のお話をしたら、ぜひ食べてみたいと。足のご不自由な方が一人おられるので」

おまきはさらに告げた。

「何人様で？」

真造が問うた。

「三人です」

おまきは指を三本立てた。

「それなら、白焼き重が足りる。肝吸い付きでお出しするよ」

真造は笑みを浮かべた。

「そのお客さんは、いつまで江戸にご滞在なの？」

おみねがたずねた。

「江戸のほうぼうを見物して、三日後の朝に発たれるそうです」

的屋の看板娘が答える。

「それなら、文の墨も乾くわね」

おみねは細かいところを気にかけていた。

「では、思いをこめて文を書き、料理をおつくりしますよ」

真造はそう請け合った。

「よしなにお願いいたします。では、旅籠に戻りますので」

「ご苦労さまだね」

隠居がおまきにやさしい声をかけた。

「糸車はまだ回っておるなあ」

看板娘が去ったあと、柿崎隼人が妙にしみじみと言った。

「糸車と言うと？」

連れの武家が問う。

「花見の弁当箱がわしのところへ来て、妙な夢を見たのをここで話してから、糸車が回りだしたのだ。なんともふしぎな成り行きだ」

隼人は答えた。

「そうでございますね」

真造は感慨深げにうなずいた。

四

大磯の客には、出前ばかりでなく弁当もつくった。

ただし、弁当箱は一つだけで、あとの二つは竹皮づつみのおにぎりだった。竹の弁当箱はお代に含み、末長く使ってもらうことにした。

「では、くれぐれもよしなにお願いいたします」

「代参はついでのおりでよろしゅうございますので」

弁当に加えて、茶見世への文も託したわん屋の二人はていねいに言った。

「ああ、伝えておくよ」

「道中の弁当が楽しみだ」

大磯から来た客は機嫌よく的屋を後にしていった。

わん屋の二人が託した文は、滞りなく大磯の茶見世に届いた。

嬉しい知らせを目にした磯吉は、まるでわがことのように喜んだ。

磯吉はさっそく、練り物屋に嫁いだ妹のおうのにも知らせた。

「そりゃあ、代参に行かなくちゃ」

おうのはすぐさま言った。

「なら、善は急げだ。明日の朝、早起きして行ってくらあ」

磯吉は言った。

「だったら、わたしも行くよ」

おうのも乗り気で言った。

翌朝はきれいな冬晴れになった。

磯吉とおうのは長い石段を上り、子宝神社へ代参の御礼参りをした。

神様に分かるようにと、磯吉はあるものを携えてきた。


子を授かり、ありがたく存じました。

どうか無事にお産が済み、丈夫なややこが生まれますように……。


わんや屋の二人の代わりに、両手を合わせて祈る。

本殿の前に捧げられているものが、冬の光を浴びて美しく光った。

それは、あの竹の弁当箱だった。

五

「毎度ありがたく存じました」

わん屋に明るい声が響いた。

声を発したのは、依那古神社から来た真沙だった。

来たときは赤い袴の巫女姿だったのだが、さすがにその恰好で給仕はできない。十五歳だが背はおみねと変わらないから、同じ大きさの着物と帯で大丈夫だ。さっそく着替えて見世に出たところだ。

「おっ、新入りかい？」

「かわいいじゃねえかよ」

さっそく男たちから声が飛ぶ。

「真沙です。よろしくお願いいたします」

膳や徳利を運びながら、真沙は愛想よくあいさつした。

「しんしゃ？」

「妙な名前だな」

客が首をかしげた。

「本職は神社の巫女さんなんです。義理の妹で」

おみねが言った。

「おみねさんがお産で出られないときだけ、手伝いに来ることになってます」

「そうかい。そりゃ、わん屋も安心だな」

「しっかり気張りな」

「はいっ」

真沙はいい声で答えた。

せっかく西ヶ原村から来たのに、すぐ帰るわけにもいかない。真沙は三日ほど的屋に逗留し、わん屋の手伝いをすることになった。

「おう、なかなか堂に入った手つきじゃねえか」

酒をついでもらった大河内同心が笑みを浮かべて言った。

「初めはしくじってこぼしてしまいましたけど」

と、真沙。

「何事もしくじって憶えるもんだ。先々はどうするんだい」

同心はたずねた。

「兄は同じ神社の神主さんとの縁組みを考えているみたいで、神主の代わりもつとまるようにと祝詞を憶えさせられてるんですけど、なかなか難しくって」

真沙の表情が少し曇った。

「どこの神社との縁組みっていう道筋はついてるのかい？」

今日もわん屋に来ている隠居の七兵衛がたずねた。

わん講は次が正月になるから、十五日にずらすことになっている。その後、円い寿司桶づくりの職人も加わり、ますますにぎやかになってきた。

「いえ、それはまだなんですけど」

真沙は答えた。

「わたしだって、そっちのほうへ縁づくかもしれなかったのに、いまは料理屋のおかみなんだから」

三峯神社の神官の家系のおみねが言った。

「はは、先はどうなるか分からないけれど、これだけは言えるね」

隠居が意味ありげなことを口走った。

「どういうことでしょう」

真造が問うた。

「円い器に盛られた、わん屋のおいしい料理をいただいたら、すべてが円くおさまるんだよ」

七兵衛の白い眉がぴくりと動いた。

「そりゃあ、いいな。引札にしてもいいくらいだ」

大河内同心が笑みを浮かべた。

ここで料理ができあがった。

正月に備えて、新たに美濃屋に頼んだ器でつくった茶碗蒸しだ。

「いまは手が空いてるから、真沙も食べてみなさい」

真造が言った。

「えっ、いいの？」

真沙が瞳を輝かせる。

「そりゃもちろん。手間賃だから」

おみねが笑った。

「じゃあ、いただきます」

「熱いから気をつけて」

みなが見守るなか、十五の娘は茶碗蒸しの蓋を取った。

鶴と亀が品よく描かれた縁起物だ。

「わあ」

真沙は無邪気な声を発した。

海老に銀杏(ぎんなん)に花麩(はなふ)に椎茸に青菜。

絵のような彩りの茶碗蒸しとともに、湯気がふわっと漂う。

「おう、おれにもくんな」

同心がたまらず言った。

「こりゃ、食べずには帰れないね」

隠居も続く。

「承知いたしました」

「少々お待ちください」

わん屋の二人の声が、悦(よろこ)ばしく重なって響いた。

［参考文献一覧］

『人気の日本料理2　一流板前が手ほどきする春夏秋冬の日本料理』（世界文化社）
志の島忠『割烹選書　酒の肴春夏秋冬』（婦人画報社）
田中博敏『お通し前菜便利集』（柴田書店）
松下幸子『図説江戸料理事典』（柏書房）
土井勝『日本のおかず五〇〇選』（テレビ朝日事業局出版部）
野﨑洋光『和のおかず決定版』（世界文化社）
畑耕一郎『プロのためのわかりやすい日本料理』（柴田書店）
金田禎之『江戸前のさかな』（成山堂書店）
福田浩、松下幸子『料理いろは庖丁　江戸の肴、惣菜百品』（柴田書店）
料理・志の島忠、撮影・佐伯義勝『野菜の料理』（小学館）
高橋一郎『ちいさな懐石』（婦人画報社）

『復元・江戸情報地図』（朝日新聞社）
『おおいその歴史』（大磯町）
菊地ひと美『江戸衣装図鑑』（東京堂出版）
「大磯　鰻・蒲焼　國よし」ホームページ

本書は書き下ろしです。

実業之日本社文庫　最新刊

知念実希人
レゾンデートル
末期癌を宣告された医師・岬雄貴は、不良から暴行を受け、復讐を果たすが、現場には一枚のトランプが……。最注目作家、幻のデビュー作。骨太サスペンス!!
ち1 4

鳥羽亮
剣客旗本春秋譚　剣友とともに
老舗の呉服屋の主人と手代が殺された。探索を続ける中、今度は糸川の配下の御小人目付が惨殺された。糸川らは敵を討つと誓う。人気シリーズ新章第三弾!!
と2 15

南英男
強奪　捜査魂
自衛隊や暴力団の倉庫から大量の兵器が盗まれた。新宿署の生方警部が捜査を進める中、巨大商社にロケット砲弾が撃ち込まれた。テロ組織の目的とは……!?
み7 11

睦月影郎
快楽デパート
デパートに勤める定年間近の次郎は、はずみで占い師を抱き過去に戻ってしまう。そこには当時憧れていたデパガ達が待っていた!　傑作タイムスリップ官能!
む2 10

森沢明夫
かたつむりがやってくる　たまちゃんのおつかい便
田舎町で移動販売をはじめたたまちゃん。しかし、悩みやトラブルは尽きない。それでも、誰かを応援し、誰かに支えられ、笑顔で走っていく。心温まる感動作!
も6 1

実業之日本社文庫　好評既刊

井川香四郎
桃太郎姫七変化　もんなか紋三捕物帳
綾歌藩の若君・桃太郎、実は女だ。十手持ちの紋三のもとでおんな岡っ引きとして、仇討、連続殺人など、次々起こる事件の〈鬼〉を成敗せんと大立ち回り！
い104

井川香四郎
桃太郎姫恋泥棒　もんなか紋三捕物帳
綾歌藩の跡取りの若君・桃太郎は、実は女。十手持ち紋三親分のもとで、おんな岡っ引きとして江戸の悪に立ち向かう！　人気捕物帳シリーズ最新作。
い105

津本 陽
鉄砲無頼伝
紀州・根来から日本最初の鉄砲集団を率い、戦国大名の傭兵として壮絶な戦いを生き抜いた男、津田監物の生きざまを描く傑作歴史小説。（解説・縄田一男）
つ21

津本 陽
信長の傭兵
日本初の鉄砲集団を組織した津田監物に新興勢力の織田信長も加勢を仰ぐ。天下布武の野望に向け、最大の敵・本願寺勢との決戦に挑むが!?（解説・末國善己）
つ22

津本 陽
鬼の冠　武田惣角伝
大東流合気柔術を極めた武術家・武田惣角。幕末から昭和まで、闘いと修行に明け暮れた、漂泊の生涯を描く、渾身の傑作歴史長編。（解説・菊池 仁）
つ23

実業之日本社文庫　好評既刊

森詠
風神剣始末 走れ、半兵衛

日本一の剣客になりたいと願う半兵衛は、武者修行の旅先で幕府の金山開発にまつわるもめ事に巻き込まれ――著者人気シリーズ、実業之日本社文庫に初登場！

も61

森詠
双龍剣異聞 走れ、半兵衛〈二〉

宮本武蔵の再来といわれる伝説の剣豪・阿蘇重左衛門に老中・安藤信正の密書を届けるため、肥後熊本へと旅立った半兵衛を待つのは……人気シリーズ第二弾！

も62

森詠
吉野桜鬼剣 走れ、半兵衛〈三〉

半兵衛は柳生家当主から、連続殺人鬼の退治を依頼された。「桜鬼一族」が遣う秘剣に興味を抱き、半兵衛は大和国、吉野山中へ向かう――。シリーズ第三弾！

も63

森詠
遠野魔斬剣 走れ、半兵衛〈四〉

神々や魔物が棲む遠野郷で若い娘が大量失踪。半兵衛と同じ流派の酔剣を遣う天狗が悪行を重ねているらしい。天狗退治のため遠野へ向かった半兵衛の運命は!?

も64

吉田雄亮
俠盗組鬼退治

強盗頭巾たちに襲われた若侍の手にはなぜか富くじの木札が。江戸の諸悪を成敗せんと立ち上がった富豪旗本と火盗改らが謎の真相を追うが……痛快時代小説！

よ51

実業之日本社文庫　好評既刊

吉田雄亮
俠盗組鬼退治　烈火
俠盗組を率いる旗本・堀田左近の周辺で立て続けに火事が。これは偶然か、それとも…!? 闇にうごめく悪と仕置人たちとの闘いを描く痛快時代活劇！

よ52

吉田雄亮
俠盗組鬼退治　天下祭
銭の仇は祭りで討て！ 札差が受けた不当な仕置きに山師旗本と人情仕事人が調べに乗り出すが、神田祭が突然の危機に…痛快大江戸サスペンス第三弾。

よ53

鳥羽 亮
三狼鬼剣　剣客旗本奮闘記
深川佐賀町で、御小人目付が喉を突き刺された。連続殺人と強請り。非役の旗本・青井市之介は、悪党たちを追いかけ、死闘に挑む。シリーズ第一幕、最終巻！

と212

鳥羽 亮
剣客旗本春秋譚
朋友・糸川の妹・おみつを妻に迎えた非役の旗本・青井市之介のもとに事件が舞い込む。殺し人たちの元締「闇の旦那」と対決!! 人気シリーズ新章開幕、第一弾！

と213

鳥羽 亮
剣客旗本春秋譚　武士にあらず
両替屋に夜盗が押し入り、手代が斬られ、千両箱ふたつが奪われた。奴らは何者で、何が狙いなのか。市之介が必殺の剣・霞袈裟に挑む。人気シリーズ第二弾!!

と214

実業之日本社文庫　好評既刊

池井戸 潤
不祥事

痛快すぎる女子銀行員・花咲舞が様々なトラブルを解決に導き、腐った銀行を叩き直す！　テレビドラマ「花咲舞が黙ってない」原作。（解説・加藤正俊）

い112

池井戸 潤
仇敵

不祥事を追及して職を追われた元エリート銀行員・恋窪商太郎。彼の前に退職のきっかけとなった仇敵が現れた時、人生のリベンジが始まる！（解説・霜月 蒼）

い113

伊坂幸太郎
砂漠

この一冊で世界が変わる、かもしれない。一瞬で過ぎる学生時代の瑞々しさと切なさを描いた一生モノの傑作長編！　小社文庫限定の書き下ろしあとがき収録。

い121

江上 剛
銀行支店長、走る

メガバンクを陥れた真犯人は誰だ。窓際寸前の支店長と若手女子行員らが改革に乗り出した。行内闘争の行く末を問う経済小説。（解説・村上貴史）

え11

今野 敏
マル暴甘糟（あまかす）

警察小説史上、最弱の刑事登場!?　夜中に起きた傷害事件は暴力団の抗争か半グレの怨恨か。弱腰刑事の活躍に笑って泣ける新シリーズ誕生！（解説・関根 亨）

こ211

実業之日本社文庫　好評既刊

今野 敏
男たちのワイングラス
酒の数だけ事件がある——茶道の師範である「私」が通うバーから始まる8つのミステリー。『マティーニに懺悔を』を原題に戻して刊行！（解説・関口苑生）
こ212

周木 律
不死症（アンデッド）
ある研究所の瓦礫の下で目を覚ました夏樹は全ての記憶を失っていた。彼女の前に現れたのは人肉を貪る異形の者たちで⁉ サバイバルミステリー。
し21

周木 律
幻屍症　インビジブル
絶海の孤島に建つ孤児院・四水園——。閉鎖的空間で起こる恐るべき連続怪死事件に特殊能力「幻屍症」を持った少年が挑む！ 驚愕ホラーミステリー。
し22

梠本孝思
読んではいけない殺人事件
人の心を読む「読心スマホ」の力を持った美島冬華。後輩のストーカー被害から、思わぬ殺人事件の「記憶」に辿りついてしまい——⁉ 傑作サイコミステリー！
す12

知念実希人
仮面病棟
拳銃で撃たれた女を連れて、ピエロ男が病院に籠城。怒濤のドンデン返しの連続。一気読み必至の医療サスペンス、文庫書き下ろし！（解説・法月綸太郎）
ち11

実業之日本社文庫 く45

人情料理わん屋

2019年4月15日　初版第1刷発行

著　者　倉阪鬼一郎

発行者　岩野裕一
発行所　株式会社実業之日本社
〒107-0062　東京都港区南青山5-4-30
CoSTUME NATIONAL Aoyama Complex 2F
電話［編集］03(6809)0473［販売］03(6809)0495
ホームページ　http://www.j-n.co.jp/
DTP　ラッシュ
印刷所　大日本印刷株式会社
製本所　大日本印刷株式会社

フォーマットデザイン　鈴木正道（Suzuki Design）

ISBN978-4-408-55471-6（第二文芸）